Le Cercle Secret

L. J. SMITH

ÉCRIT PAR AUBREY CLARK

Le Cercle Secret

SAISON 2

TOME 1

TRADUIT DE L'ANGLAIS (ÉTATS-UNIS)
PAR CÉCILE LECLÈRE

hachette

Photo de couverture : © Getty Images/Julian Holtom 2012

Traduit de l'anglais (États-Unis) par Cécile Leclère

L'édition originale de cet ouvrage a paru en langue anglaise
chez Harper Teen, an imprint of HarperCollins Publishers, sous le titre :

THE SECRET CIRCLE :
THE DIVIDE

Hachette Livre, 43 quai de Grenelle, 75015 Paris.

1

Les vitres de la voiture d'Adam étaient couvertes de buée. La douceur du crépuscule, les premiers parfums printaniers qui embaumaient l'air, tout incitait pourtant à ouvrir les fenêtres pour profiter de la brise pendant qu'ils s'embrassaient. Mais Cassie avait insisté pour les garder fermées, question d'intimité. Elle aimait cette sensation d'être ainsi blottie contre Adam, isolée du reste du monde par le verre embué. Ils risquaient d'être en retard à leur réunion, mais à l'intérieur de ce nuage, cela lui importait peu.

— Nous ferions bien d'y aller, dit-elle, à contrecœur.

— Encore cinq minutes. De toute façon, ils ne peuvent pas commencer sans toi.

Évidemment, puisque je suis leader, pensa Cassie. *Raison de plus pour ne pas être en retard simplement parce que je prends du bon temps avec mon petit ami.*

Petit ami. Cette seule idée lui donnait encore le vertige, même après toutes ces semaines. Elle observa les reflets multicolores que créait le soleil couchant dans les cheveux emmêlés d'Adam – des teintes bordeaux et orangées – et les étincelles cristallines dans ses yeux bleus.

Il se pencha pour embrasser la partie douce de son cou, juste sous l'oreille.

— D'accord, trois minutes, alors, lui accorda-t-elle.

Leur premier baiser de couple avait tout changé pour Cassie. Il n'avait rien d'anodin. Les lèvres d'Adam sur les siennes, c'était un acte délibéré, mémorable, comme un pacte dont le corps de Cassie tout entier avait pris conscience. C'était ça, l'amour, avait-elle compris.

Elle avait imaginé que cette sensation s'amenuiserait au fil des jours, que leurs baisers deviendraient une forme de routine, qu'elle s'y habituerait, mais non. Au contraire, leur intensité semblait redoubler avec le temps. Pour l'heure, ils étaient garés juste devant le vieux phare, sur Shore Road, et Cassie savait bien qu'il fallait qu'ils arrêtent de s'embrasser, mais elle en était incapable. Tout comme Adam. L'accélération de sa respiration, l'urgence pressante avec laquelle il étreignait ses hanches étaient des signes qui ne trompaient pas.

Mais ça ferait mauvais effet d'arriver en retard à sa première réunion en tant que leader du coven.

— Il faut vraiment qu'on y aille, dit-elle en s'écartant, une main sur le torse d'Adam pour l'inciter à se tenir tranquille.

Il prit une grande inspiration, expira, pour tenter de se calmer.

— Je sais.

À regret, il laissa Cassie s'échapper de ses bras et se donner une apparence un peu plus présentable. Après quelques soupirs supplémentaires, un rapide démêlage de ses cheveux hirsutes, il la suivit à l'intérieur.

En traversant les hautes herbes de la prairie qui menait au vieux phare, Cassie ne put s'empêcher d'être frappée par la beauté rustique du bâtiment. À en croire Mélanie, il datait de la fin du XVIIIe siècle ; son aspect délabré trahissait le passage des ans. La tour elle-même, en pierre et en brique, toute grise, mesurait près de trente mètres de haut, mais à son pied se trouvait une petite maison de bois à moitié en ruine – le pavillon du gardien, construit pour permettre à sa femme et à ses enfants de vivre avec lui tandis qu'il accomplissait son devoir à l'étage. Mélanie avait ajouté que le pavillon s'était transmis de génération en génération jusqu'à ce que le phare soit finalement mis hors service au début du XIXe siècle. Depuis, certains avaient envisagé de le transformer en musée, mais il était abandonné depuis plusieurs dizaines d'années.

Adam lui sourit, Cassie sentit sa gorge se serrer. Elle entra la première, il lui emboîta le pas. Leur arrivée tardive fut remarquée : les membres du coven se tournèrent vers eux dans un mouvement de tête général et quasi simultané.

Il parut tout de suite évident qu'ils avaient fait patienter le groupe trop longtemps, et que chacun savait exactement ce qui les avait retenus, Adam et elle. Cassie passa en revue tous les visages, encaissant leurs différentes réactions et accusations silencieuses.

Les yeux gris, généralement sereins, de Mélanie brûlaient aujourd'hui d'impatience ; Laurel pouffait avec timidité. Deborah, installée au bout du banc en bois dans l'angle de la salle, semblait sur le point de lâcher un commentaire narquois, mais avant qu'elle en ait eu l'occasion, Chris et Doug

Henderson, qui jouaient à se lancer une balle de tennis près de la fenêtre, déclarèrent à l'unisson :

— Eh ben, c'est pas trop tôt.

Nick, assis par terre, dos au mur, posa sur Cassie un regard chargé d'une douleur subtile qui la força à détourner la tête.

— Adam, lança Faye de sa voix indolente et voilée, ton gloss est mal étalé.

La pièce retentit d'un éclat de rire incontrôlable et Adam piqua un fard. Diana fixait le sol, honteuse pour eux, humiliée aussi, peut-être. Elle avait accepté le fait qu'Adam sorte désormais avec Cassie, mais il y avait des limites.

— Un peu d'ordre, je vous prie, réclama Diana, retrouvant son assurance. Asseyez-vous tous.

Elle avait pris la parole comme si le rire s'était éteint, mais il résonnait toujours bruyamment.

— Premier point à l'ordre du jour, poursuivit-elle néanmoins. Qu'allons-nous faire des Artéfacts Primordiaux ?

Cela suffit à ramener le calme dans le groupe. Les Artéfacts – le diadème, le bracelet d'argent et la jarretière de cuir – avaient appartenu au coven d'origine de Black John. Ils étaient restés dissimulés durant des siècles, jusqu'à ce que Cassie découvre leur cachette chez sa grand-mère, dans la cheminée de la cuisine. Le Cercle les avait utilisés pour vaincre Black John, mais depuis, les membres avaient repoussé le moment de prendre une décision les concernant. Ce soir, l'heure était venue de sceller leur destin.

— C'est vrai, dit Cassie en rejoignant Diana au centre de la pièce. Nous avons un véritable pouvoir, maintenant. Et il faut que…

Quoi ? Que devaient-ils faire ? Elle se tourna vers Diana. Ses yeux verts, ses cheveux brillants semblaient irradier, même dans le fantomatique éclairage à la lanterne du vieux pavillon. Si quelqu'un savait ce que devait faire le Cercle, c'était bien Diana.

— Je pense que nous devrions, d'une manière ou d'une autre, réduire à néant le pouvoir des Artéfacts, annonça Diana de sa voix claire et musicale. Pour qu'ils ne puissent plus jamais servir.

Pendant un instant, personne ne dit mot. Ils étaient tous choqués par cette suggestion. Puis Faye brisa le silence.

— Tu plaisantes, j'espère ? Adam et toi, vous avez passé la moitié de votre vie à essayer de les retrouver.

— Je sais. Mais après tout ce que nous avons traversé, et maintenant que nous avons vaincu Black John, j'ai l'impression qu'un pouvoir aussi grand ne peut être bon pour nous, ni pour personne, d'ailleurs.

Cassie était aussi étonnée que Faye. Ces paroles ne ressemblaient pas à Diana, du moins pas à celle qu'elle connaissait jusqu'alors.

Adam paraissait interloqué lui aussi, mais il gardait le silence. Les leaders parlaient les premiers. C'était la règle.

Cassie sentit l'attention du groupe se porter sur elle. Elles formaient un triumvirat désormais, autrement dit son pouvoir équivalait à celui de Diana et à celui de Faye. Elle tenait à faire bon usage de son autorité, à affirmer son opinion ouvertement, intelligemment, mais elle refusait de s'opposer à Diana.

— Qu'est-ce qui t'a fait changer d'avis ? lui demanda-t-elle.

Diana croisa ses bras minces devant elle.

— Les gens changent d'avis tout le temps, Cassie.

— Eh bien, moi, je ne suis absolument pas d'accord, déclara Faye en concentrant ses yeux couleur miel sur Diana. Ce serait du gâchis de ne pas utiliser les Artéfacts. Nous devrions, au minimum, tenter des expériences avec.

Sa bouche forma un sourire cruel.

— Tu ne crois pas, Cassie ?

— Hum…, fit celle-ci.

C'était bizarre. Cassie suivait plutôt Faye sur ce coup, et c'était peut-être bien la première fois qu'elles étaient d'accord sur quelque chose. D'un côté, elle n'avait pas envie de prendre parti pour Faye contre Diana, mais de l'autre comment pourraient-ils détruire les Artéfacts ? Et si Black John réapparaissait ? Il s'agissait là de leur unique moyen de se défendre. Elle aurait aimé en discuter avant avec Diana.

— Nous pouvons demander à Constance des conseils pour nous en débarrasser, proposa Diana. Si c'est ce que nous décidons de faire.

Constance, la grand-tante de Mélanie, aidait le Cercle en magie. Depuis qu'elle avait renoué avec ses propres pouvoirs pour guérir la mère de Cassie l'hiver passé, elle avait montré moins de réticence à partager son savoir des pratiques anciennes.

— Constance connaîtra sûrement un sort que nous pourrions utiliser, poursuivit Diana. Et maintenant que Black John a disparu pour de bon, je parie qu'elle sera d'accord pour désactiver les Artéfacts.

Cassie voyait bien à quel point le devenir des Artéfacts tenait à cœur à Diana. À Faye également. Sur ses traits parfaitement dessinés était apparue la fureur qu'elle lui connaissait bien.

— Nous devrions voter, lança une voix forte.

C'était celle de Nick, qui prenait rarement la parole lors des réunions du coven. L'entendre ainsi exprimer une opinion désarçonna complètement Cassie.

— Nick a raison, intervint Mélanie. Nous devrions tous avoir notre mot à dire, à égalité, sur un sujet aussi important.

Diana hocha la tête.

— Ça me va.

Faye balaya ses ongles rouges sur le groupe d'un grand geste dramatique.

— Votons, alors, déclara-t-elle, avec la confiance de celle qui a déjà gagné.

Mélanie se leva et vint se placer au centre. C'était toujours à elle que revenait d'annoncer le vote.

— Que tous ceux qui sont en faveur de la destruction des Artéfacts lèvent la main.

Celle de Diana se leva la première, suivie par celle de Mélanie, puis de Laurel. Après un assez long moment, Nick leva la sienne ; il fut finalement imité par Adam.

Cassie n'arrivait pas à y croire. Adam avait apporté sa voix à Diana, pourtant elle savait qu'il aurait préféré mener quelques expériences avec les Artéfacts.

— Que tous ceux qui veulent garder les Artéfacts, lèvent la..., reprit Mélanie.

— Attends, l'interrompit Cassie.

Distraite, elle avait perdu l'occasion de soutenir Diana.

Faye rit.

— T'es en retard, c'est trop tard, Cassie. Et une voix contre Diana est un vote pour moi.

— Faux, répliqua Cassie, étonnée de son propre aplomb. C'est un vote pour moi.

Elle prit un instant pour jeter un coup d'œil à Adam et constata qu'il souriait avec fierté.

— Je propose une troisième option, continua-t-elle. Nous gardons les Artéfacts, au cas où nous en aurions besoin. Nous ne les privons pas de leur pouvoir, mais nous ne menons aucune expérience avec.

— Dans ce cas, dit Faye, je serais ravie que vous me confiiez leur garde, jusqu'à ce que nous en ayons besoin.

— Ne compte pas là-dessus, rétorqua Adam.

Cassie leva la main.

— Je n'ai pas terminé.

Elle observa Faye, puis Diana.

— Je suggère que chacune des trois leaders cache une relique, pour qu'elles ne puissent être utilisées que si et seulement si le groupe tout entier est au courant.

Ils restèrent silencieux, le temps de réfléchir à cette possibilité.

C'était une bonne proposition, Cassie le savait très bien. En revanche, elle s'étonnait vraiment que cela ait pu lui venir d'un coup, comme ça. Car à l'instant où elle avait pris la parole, elle n'avait pas la moindre idée de ce qu'elle allait dire.

Diana réagit la première.

— Cela me semble un juste compromis. Mélanie, je demande un nouveau vote.

— Je soutiens Cassie, intervint Nick avec galanterie.

Mélanie leva les sourcils.

— D'accord. Ceux en faveur de… la motion de Cassie, levez la main.

Tous approuvèrent, à l'exception de Deborah, Suzan et Faye.

— C'est décidé, donc, déclara Mélanie.

Faye se tenait parfaitement immobile. Elle ne bougea pas un muscle, pourtant une ombre noire s'abattit sur son visage.

Suzan se mit debout d'un bond.

— Bon, ben voilà, conclut-elle. C'est dit. Je meurs de faim. On peut aller manger, maintenant ?

— Et si on allait bouffer des tacos ? lança Sean.

Un par un, tous se levèrent et commencèrent à rassembler leurs affaires en discutant du prochain rendez-vous avec la grand-tante de Mélanie pour perfectionner leurs invocations. Diana moucha les bougies, éteignit les lanternes. Durant tout ce temps, Faye demeura immobile.

— Toi, dit-elle.

Instinctivement, Cassie recula d'un pas, bien que Faye se trouvât à l'autre bout de la pièce.

— Ne sois pas trop fière de ton coup.

Elle approcha négligemment de Cassie jusqu'à se trouver tout près d'elle. Cassie fut presque écœurée par son parfum entêtant, qui lui chatouillait les narines.

— Tu as peut-être gagné une bataille, poursuivit Faye. Mais… Enfin, tu connais la suite.

Cassie s'écarta un peu. C'était plus fort qu'elle, à chaque fois que Faye s'en prenait à elle, elle se laissait envahir par la peur. Que Faye soit véritablement plus forte ou non n'était pas la question. Cette fille avait l'esprit tenace des sociopathes et une absence absolue de conscience. Il était impossible de raisonner avec elle, c'était ce qui la rendait dangereuse.

— Nous sommes du même côté, plaida faiblement Cassie. Nous voulons la même chose.

Faye plissa ses yeux couleur miel.

— Pas vraiment. Pas encore, du moins.

Cela ressemblait fort à de l'intimidation, et Cassie savait que Faye ne proférait jamais de menaces en l'air.

2

Cassie et Adam échangèrent à peine deux mots durant le trajet qui les ramena chez elle. Elle était encore secouée par les paroles de Faye ; Adam, qui l'avait senti, se contentait de lui tenir la main en silence tout en conduisant.

Elle alluma la radio, en quête d'une distraction agréable, et tritura les boutons jusqu'à tomber sur un morceau qu'elle aimait. Elle n'arrivait pas à retrouver le titre de la chanson, mais ses accords firent naître dans son cœur une sensation de nostalgie, le souvenir d'une époque où sa vie était beaucoup plus simple qu'elle ne l'était aujourd'hui. Cela faisait moins d'un an qu'elle avait emménagé à La Nouvelle-Salem, mais elle avait l'impression d'y vivre depuis une éternité.

Au lieu de laisser ses yeux se perdre dans la nuit printanière qui défilait par la fenêtre, elle préféra fermer les paupières. Elle laissa la musique l'envahir, en essayant de se remémorer le temps où elle n'était pas une sorcière, mais une fille, tout simplement.

Puis elle jeta un petit coup d'œil en douce à Adam. Il était très beau. Dans le pâle clair de lune, les reflets auburn de ses cheveux s'accentuaient et ses yeux bleus devenaient marine, assortis au ciel nocturne. Comment était-il possible que ce garçon soit amoureux d'elle et de personne d'autre ? La Cassie de l'année précédente n'y aurait jamais cru.

Elle observa son reflet dans le rétroviseur. Elle ne ressemblait même pas à celle qu'elle était autrefois, lorsqu'elle vivait encore en Californie. Elle se sentait tellement banale, alors. Taille moyenne, corpulence moyenne, cheveux marron ordinaires. Cassie remarquait maintenant ses propres mèches multicolores, ses grands yeux ronds bleu-gris. Et surtout, elle ne pouvait pas ignorer à quel point elle avait mûri. Elle était aujourd'hui pleine d'une assurance dont elle n'aurait jamais imaginé faire preuve un jour.

Lorsqu'ils se garèrent devant le numéro 12, dernière maison sur le promontoire, Cassie se rappela la première fois qu'elle l'avait vue. La demeure lui avait alors semblé si terrifiante, si vieille, avec son toit en pente et son bardage gris décrépit. Était-ce une bonne chose d'y être autant habituée, désormais, ainsi qu'à toutes ces bâtisses antiques qui peuplaient Crowhaven Road ? Tout ce qui lui avait paru étrange et un peu effrayant faisait aujourd'hui partie de son quotidien – c'était devenu sa vie.

Adam coupa le moteur et se tourna vers elle avec des yeux ardents.

— Ignore-la, dit-il.

— Qui ?

— Faye. Quand elle t'a dit que tu avais remporté une bataille, mais qu'elle gagnerait la guerre – il ne faut pas te laisser atteindre par ce genre de discours. C'est Faye tout craché. S'il existait une poupée parlante à son effigie, c'est exactement ce qu'elle répèterait en boucle.

Il prit alors une voix aussi voilée que celle de Faye.

— « Remporte ta bataille, tu perdras la guerre. »

Cassie ne put s'empêcher d'éclater de rire.

Adam serra ses mains, visiblement ravi de l'avoir fait sourire.

— Ta proposition pour les Artéfacts était tout simplement géniale. Qu'est-ce qui t'a donné cette idée ?

— Je n'en sais rien, c'était très bizarre. Ça m'est venu de nulle part.

— Pas de nulle part. D'ici.

Il désignait son cœur.

— Et de là, ajouta-t-il en montrant sa tête. C'est pour cette raison que tu as été élue leader. Quand vas-tu enfin t'y habituer, Cassie ? Tu n'es pas comme les autres.

À cet instant, elle se sentit extrêmement réconfortée de savoir qu'Adam était de son côté. Bien sûr, il avait voté pour Diana tout à l'heure, mais lorsque Cassie avait pris la parole, il l'avait soutenue, et c'était là le principal. Elle se pencha pour embrasser ses lèvres bien dessinées.

Elle ne se lassait pas de ses baisers. Mais il interpréta ce doux baiser de bonne nuit comme une nouvelle invitation à aller plus loin. Il s'empressa de défaire sa ceinture de sécurité.

— Non, l'arrêta-t-elle. On ne recommence pas.

Adam leva les yeux, à la manière d'un petit chiot triste.

— La lumière est allumée dans la salle à manger, l'informa-t-elle en le repoussant, avant de se recoiffer. Autrement dit, ma mère doit sûrement être en train de nous surveiller.

Il la caressa, taquin, avec une étincelle de malice dans le regard.

— Un jour, mon amour, tu te soucieras moins de ce que pensent les gens.

Elle déposa un dernier baiser sur sa joue toute lisse et s'élança en direction de la maison avant de changer d'avis et de retourner auprès d'Adam.

À l'intérieur, elle trouva sa mère assise à la grande table d'acajou. Il régnait dans la pièce, faiblement éclairée, une douce chaleur réconfortante. Pour une fois, Cassie apprécia l'installation électrique de son grand-père, aussi antique et artisanale fût-elle. Sous l'éclat impitoyable de lampes plus modernes, les murs dorés, couleur maïs, auraient paru bêtement jaunes.

La tête brune de sa mère se releva d'un coup, un grand sourire étonné apparut sur ses lèvres. Visiblement, elle n'était pas du tout en train de les observer dans la voiture, Dieu merci.

— Cassie, je ne t'attendais pas si tôt. Tu me donnes un coup de main ?

Cassie examina les piles de papier de soie coloré dispersées devant elle.

— Qu'est-ce que tu fais ?

Sa mère leva les deux mains, pour désigner d'un grand geste le matériel qui envahissait la table, l'air débordé.

— Des jonquilles et des grues en origami. Des décorations pour la fête de printemps. Je me suis portée volontaire, je me demande bien pourquoi. Et maintenant, je suis submergée par le papier de soie.

Après avoir vu sa mère alitée, malade pendant si longtemps, après avoir vu Constance, la grand-tante de Mélanie, la nourrir de simples et lui apposer des cataplasmes, quel plaisir de la retrouver ainsi absorbée par une tâche aussi futile ! C'était une bonne chose qu'elle s'implique dans la communauté. Cassie voulait que sa mère se sente chez elle à La Nouvelle-Salem, qu'elle ait des amis, surtout maintenant que grand-mère n'était plus là.

— Par quoi je commence ? demanda Cassie en la rejoignant.

Elle rassembla les piles de papier de soie jaune et vert, supposant que les jonquilles seraient plus faciles à fabriquer que les grues. Tout en commençant à plier, plisser le fin matériau pour lui donner l'apparence de pétales, elle songea : *il doit sûrement exister une formule magique pour faire ça plus vite.* Mais elle était tellement heureuse et soulagée de retrouver sa mère telle qu'elle l'avait connue qu'elle était prête à y consacrer toute la nuit s'il le fallait.

— Alors, dit sa mère en posant enfin son regard sur Cassie. Comment va Adam ?

Cassie sentit ses joues s'embraser.

— Bien.

— Et tes amis ?

— Bien aussi.

Sa mère posa la grue argentée avec laquelle elle se débattait et examina le visage de Cassie.

— Tu sais, je suis vraiment fière de toi. Tu t'es remise tellement vite de…

Elle marqua un temps d'arrêt.

— … du drame.

— Du drame, oui, j'imagine qu'on peut utiliser ce mot.

Sa mère esquissa un sourire.

Cassie eut une hésitation, qui, quoique brève, suffit à attirer l'attention de sa mère.

— Il y a quelque chose qui ne va pas. Qu'est-ce que c'est ?

L'anxiété enserra le ventre de Cassie. Elle aimait ce moment qu'elle partageait toutes les deux, elle ne voulait pas le gâcher. Mais sa mère paraissait vraiment avoir envie de discuter, ce soir. Pour la première fois de sa vie, il lui semblait que tous les secrets entre elles étaient enfin révélés, que leur relation reprenait sur des bases saines. *Un nouveau départ*, pensa Cassie. C'était exactement ce qu'elles célébraient, non ? Après tout, c'était à ça que servaient ces grues et ces jonquilles débiles en origami.

Cassie prit une grande inspiration et regarda sa mère droit dans les yeux.

— Je me pose des questions sur mon père, lança-t-elle.

Tout de suite, sa mère se raidit. Cassie vit sa mâchoire se contracter, puis elle prit une longue gorgée de thé. La tasse tremblait imperceptiblement dans sa main. Cassie regretta immédiatement ce qu'elle venait de dire. Mais lorsque sa mère reposa sa tasse, elle paraissait remise du choc provoqué par cette annonce. Du moins, elle essayait de faire bonne figure.

Quand enfin elle reprit la parole, les mots étaient certes affectés, mais également pleins de patience et de gentillesse.

— Je ne vois aucun inconvénient à te révéler ce que tu veux savoir, tu n'as qu'à demander.

Les épaules de Cassie se détendirent sous l'effet du soulagement. Elle prit conscience à cet instant à quel point tous ses soucis, toutes ses interrogations se trouvaient fermement inscrits dans son corps. Elle se força à continuer la discussion.

— Je sais qu'il… enfin, Black John, était un être maléfique. Mais il fait partie de moi. Et j'ai besoin de le comprendre. Que peux-tu m'apprendre sur lui ?

Voilà. Elle l'avait dit. La vérité était exposée au grand jour.

Sa mère porta toute sa concentration sur la grue en papier qu'elle était en train de confectionner.

— Tu as tout à fait raison, dit-elle, sans toutefois répondre à la question, ni même regarder Cassie.

Celle-ci la dévisagea en gardant un silence prudent. Sa mère peaufinait beaucoup trop l'oiseau argenté qu'elle tenait à la main, le pliant et le repliant plusieurs fois.

— Le problème c'est que ce papier est beaucoup trop fin et fragile, déclara-t-elle. Il suffit de le toucher pour qu'il se déchire en morceaux.

Sous les yeux de Cassie, sa mère venait de mettre un terme à leur conversation. Mais Cassie était déterminée à ne pas lâcher l'affaire aussi facilement. Après quelques minutes, ne pouvant plus ignorer le regard lourd fixé sur elle, sa mère releva brièvement la tête.

— Y a-t-il quelque chose que tu souhaites savoir maintenant ? demanda-t-elle avec une nonchalance feinte.

Cassie lut dans ses yeux une terreur qu'elle ne lui avait plus connue depuis sa maladie. Son visage devint pâle, spectral, comme si elle avait pris vingt ans en cinq secondes de silence. Cassie remarqua également le fin papier de soie dans sa main, tout ridé, froissé sous la tension de ses doigts. Elle paraissait le serrer comme si sa vie en dépendait.

Cassie se trouvait dans l'incapacité de faire face. Sa mère venait à peine de se remettre. Elle reprenait tout juste goût à la vie. Cassie ne pouvait se permettre de tout gâcher à cause de ses questions égoïstes. Sa mère était fragile, bien plus qu'elle-même ne le serait jamais.

— Peu importe, répondit Cassie. Nous en parlerons une autre fois. Avec tout ce qu'on a à faire…

Ça avait toujours été comme ça. Dans leur relation, Cassie avait toujours dû jouer le rôle de l'adulte, celle qui garde ses questions pour elle parce que sa mère ne pouvait supporter les réponses – ou la vérité. Quelle idiote d'avoir cru que tout cela pourrait changer.

3

— Ça sent le printemps, dit Mélanie à Cassie et Laurel, en fermant ses yeux gris un moment et en prenant une grande inspiration. Et même au sens littéral, non ?

Cassie referma son casier et huma l'air, mais ne sentit rien d'autre que les éternels relents des couloirs du lycée, mélange de sueur, de papier et d'ammoniaque.

— L'hiver a été rude, enchaîna Laurel. Ça doit être pour ça.

Elle avait opté pour une robe fleurie de saison.

— La fête de l'équinoxe va être énorme, cette année.

Il régnait autour d'elles une grande excitation – les voix semblaient plus fortes, les pas plus rapides, tout le monde paraissait plus animé, plus vivant – la fièvre printanière se répandait peu à peu. Soudain, Cassie se souvint que le nom du nouveau directeur serait annoncé lors de la réunion d'accueil du matin. Peut-être était-ce la raison de toute cette énergie dans l'air ? Elle avait hâte de rencontrer l'homme qui serait chargé de leur école, surtout quand elle repensait à celui qui l'avait précédé : Black John. Mais Mélanie et Laurel avaient sûrement raison : c'était la fête de printemps du week-end prochain qui mettait tout le monde dans cet état. Leurs camarades préparaient leur tenue et débattaient pour déterminer avec qui ils s'y rendraient. Les lycéens se fichaient bien de savoir qui serait le nouveau directeur.

— C'est un bon signe, commenta Mélanie. Une célébration des nouveaux départs, c'est exactement ce dont a besoin cette ville.

Cassie aurait voulu être aussi enthousiasmée que les autres par l'arrivée du printemps, mais elle avait le cœur lourd. Sa désastreuse tentative pour discuter avec sa mère la veille pesait encore sur elle.

À cet instant, Chris et Doug Henderson passèrent à côté d'elles en rollers, fendant la foule en riant comme des fous. Leur élan écartait leurs cheveux blonds et hirsutes de leurs yeux bleu-vert identiques. Ils ne ralentissaient que pour distribuer des fleurs en forme d'étoiles aux jolies filles qu'ils croisaient. Suzan, qui avait à la main un panier en osier rempli des fleurs en question, trottait derrière eux pour qu'ils n'en manquent pas.

— Qu'est-ce que c'est que ça ? s'étonna Cassie.

— *Chionodoxa luciliae*, répondit Laurel.

Mélanie lui donna un coup de coude.

— En clair ?

— Pardon, fit Laurel avec un sourire. Ces fleurs bleues, ce sont des gloires-des-neiges, un des premiers signes du printemps.

Ainsi, comprit Cassie, même les jumeaux Henderson, qui avaient perdu leur sœur, Kori, l'automne dernier, s'enthousiasmaient pour la nouvelle saison. Elle pourrait tout de même faire un effort pour avoir un état d'esprit plus positif.

— Je crois que je les ai déjà vues, ces fleurs, dit-elle. On en trouve dans le jardin de rocailles derrière le gymnase.

— Eh non, il n'y en a plus, déclara Sean avec un grand rire.

Il approchait d'elles avec, dans sa main tendue, un bouquet qu'il offrit à Cassie avec hésitation.

— Merci, Sean, lui dit-elle, mais avant qu'elle pût accepter les fleurs, Faye s'immisça entre eux et s'en empara.

Elle huma le bouquet puis le rendit à Sean en l'écrasant contre sa poitrine.

— File donc trouver une autre fille pathétique à qui les offrir, dit-elle.

Sur ce, elle se tourna vers Cassie.

— Il faut que je te parle.

Faye était toute de noir vêtue, comme souvent, mais sa tenue du jour était plus moulante et plus suggestive que d'habitude. Cassie rassura Mélanie et Laurel d'un signe de tête.

— Ça va. Allez dans la salle d'accueil, je vous rejoins.

Elle se jura de ne laisser transparaître aucune peur, quoi qu'il arrive. Elle ne pouvait se permettre de craindre de se retrouver seule avec Faye, surtout à l'école, où elle ne risquait pas grand-chose.

Faye, bien entendu, alla droit au but.

— Je sais bien que tu découvres le rôle de leader, mais tu devrais tout de même te rendre compte que tu ne vas pas pouvoir rester équitable très longtemps.

— Je ne vois pas de quoi tu veux parler.

Faye s'esclaffa, comme s'il n'était pas digne d'elle de devoir s'expliquer.

— Ne joue pas l'innocente avec moi, Cassie. Ça ne prend pas.

Cassie balaya du regard le couloir vide et mit les mains sur les hanches.

— Si tu as quelque chose à me dire, Faye, vas-y. Mais si tu essaies de m'intimider, tu n'y arriveras pas.

— Menteuse.

Faye vint écarter du bout des doigts les quelques mèches qui étaient retombées sur les yeux de Cassie, la faisant sursauter.

Faye sourit.

— Voilà ce que j'ai à te dire. Le pouvoir crée toujours des ennemis. Il divise les gens en deux catégories, les bons et les méchants. Si tu veux vraiment être leader du Cercle, il va falloir choisir ton camp.

Cassie se souvint que Diana lui avait un jour appris que le pouvoir n'était rien d'autre que le pouvoir – ni bon, ni méchant. *C'est la manière dont on l'utilise qui en fait le bien ou le mal*, avait-elle résumé. Mais même Diana avait changé d'avis.

— J'ai déjà choisi mon camp, répliqua Cassie.

Le rubis en forme d'étoile autour du cou de Faye se mit à luire. Il était de la couleur de son rouge à lèvres.

— Ce n'est pas vrai. Il y a quelque chose en toi qui prouve que tu es bien la fille de ton père. Tu le sens. Une noirceur. Je sais que tu le sens.

Cassie serra ses livres contre sa poitrine.

— Tu ne sais rien du tout.

— Ça doit être épuisant de tout faire pour ressembler à Diana alors qu'en réalité, tu es exactement comme moi… Non ?

— Non. Parce que je n'ai rien en commun avec toi.

Faye lâcha un rire de gorge grave et recula. Elle avait atteint son but. Cassie était secouée, et de belle manière.

— Tu ferais bien de te dépêcher. Tu ne voudrais pas être en retard à la réunion.

Elle tira un rouge à lèvres de son sac et en appliqua une couche supplémentaire sur sa bouche.

— Tu en veux ? demanda-t-elle à Cassie en lui tendant le tube rouge sang. Je crois que c'est ta couleur.

Dans un accès de colère, Cassie songea à envoyer valser l'accessoire de maquillage. Mais c'était exactement ce que Faye attendait. Elle essayait de la pousser à recourir à ses plus bas instincts, à se montrer aussi effrontée et désinvolte qu'elle.

Cassie s'y refusait. Elle ne lui donnerait pas cette satisfaction. Au lieu de ça, elle lui tourna le dos. C'est alors qu'elle aperçut quelqu'un qu'elle n'avait jamais vu. Un garçon. Faye le remarqua elle aussi.

Toutes deux le regardèrent traverser le couloir. Il était grand, musclé, avec des cheveux châtain clair, et il devait sûrement sortir d'un cours de sport, car il portait un survêtement et des tennis. Il avait un sac dans une main et une crosse de hockey dans l'autre.

— Ce mec est sublime, observa Faye en refermant son rouge à lèvres et en le rangeant dans son sac. Et comme tu le sais, quand je vois un beau gosse en sueur, je ne résiste pas.

Cassie leva les yeux au ciel.

Faye s'approcha immédiatement du garçon, histoire de marquer son territoire.

— Tu es perdu ? l'interpella-t-elle. Je peux t'aider à retrouver ton chemin, si tu veux.

Il tourna la tête pour voir qui lui parlait. Cassie remarqua d'abord ses yeux, vert émeraude, aussi magnifiques que ceux de Diana.

— Non merci, dit-il d'une voix à la fois insolente et franche. Je sais où je vais.

— À cette réunion d'accueil à la con ? répliqua Faye, qui ne comptait pas abandonner la partie aussi facilement. Dans ce cas, je peux t'aider à te perdre.

Cela lui tira un sourire, qu'il adressa à Cassie.

— Bonjour, je m'appelle Max.

— Voici Faye, dit Cassie en lui souriant à son tour. Elle est ravie de te rencontrer.

Max posa son sac de sport sur le sol et serra la main de Faye avec l'air du garçon habitué à ce que les filles se pâment sur son passage.

— Cassie, Adam t'attend sûrement dans la salle, non ? Tu ferais bien d'y aller, suggéra Faye, sans lâcher Max.

Cassie opina.

— Elle a raison, je file.

Elle s'éloignait quand elle entendit Max lui lancer :

— On se voit là-bas.

Elle arriva juste à temps pour le début de la réunion. Elle fut soulagée de repérer Adam, qui lui fit signe de le rejoindre au dernier rang. L'auditorium était bondé comme jamais. Des groupes d'élèves étaient entassés au fond, et dans toutes les allées. Le bourdonnement excité que Cassie avait perçu dans le couloir se poursuivait ici, où il culminait même, comme une eau agitée retenue par un barrage. Mais dès lors que

M. Humphries tapota le micro pour calmer la foule et procéder à quelques annonces, cette vibrante énergie retomba pour se transformer en ennui feutré. Il y avait toujours une super ambiance dans les rassemblements à l'auditorium… jusqu'à ce qu'ils commencent vraiment.

Cassie promena son regard sur l'assistance. Elle découvrit Diana tout devant, assise avec sa classe d'anglais. Mélanie et Laurel s'étaient installées avec Suzan, Sean et les frères Henderson, à peu près au milieu de la salle. Deborah et Nick se trouvaient quelques rangs derrière. Cassie remarqua qu'aucun d'entre eux ne semblait concerné. Ils paraissaient aussi apathiques que le reste des élèves. Était-elle donc la seule à se souvenir du dernier rassemblement de ce type, où ils avaient dû accueillir un directeur ? Faisaient-ils tous semblant ? Essayaient-ils de faire bonne figure ? Ou bien tout le monde était-il plus doué qu'elle pour tourner la page ?

Sally Waltman et Portia Bainbridge étaient assises parmi leur grappe de pom-pom girls. Parmi ses amies presque toutes blondes, Sally détonnait avec ses cheveux roux faciles à repérer. Elle riait à une remarque de Portia, qui devait sûrement s'être moquée de quelqu'un, comme toujours. Le Cercle avait négocié tant bien que mal une trêve avec Portia et ses frères, mais Cassie ne l'aimait pas pour autant.

— Ça va ? lui demanda Adam lorsque Cassie prit place à côté de lui. On dirait que tu viens de croiser Faye, je me trompe ?

— Ça va. Faye était en train de me prendre la tête, mais un beau gosse est passé par là, et elle m'a complètement oubliée.

— Classique.

Adam prit sa main et la serra.

— C'était qui, ce mec ?

— Je ne sais pas, un nouveau. Il s'appelle Max.

Elle scruta l'auditorium à la recherche de Faye et la trouva dans un coin en train de discuter avec Max – de l'assommer, plutôt. Il donnait l'impression de s'ennuyer ferme et de ne tenir debout que grâce à sa crosse de hockey, sur laquelle il était appuyé à deux mains.

Cassie dirigea ensuite son attention sur l'homme en retrait, sur un côté, dont elle concluait qu'il devait être le nouveau principal. Les cheveux poivre et sel, grand, carré, il portait un costume sombre bien coupé et gardait les mains dans le dos. C'était un bel homme, tout à fait dans le style de M. Brunswick.

De maigres applaudissements accueillirent son apparition sur scène.

— Merci, dit-il en réglant le micro. Je suis M. Boylan, je suis ravi de faire votre connaissance.

Il s'exprimait d'une voix plus grave que Cassie ne s'y attendait. D'apparence, il était élégant, mais il avait une voix de bûcheron – dure, rugueuse, avec une pointe d'accent qu'elle n'arrivait pas à identifier.

Un frisson lui parcourut l'échine.

Non, pensa-t-elle. *Tu deviens parano. Ce n'est pas parce que Brunswick était un monstre que Boylan en sera un aussi.* Elle en conclut qu'elle devait souffrir d'une forme de stress post-traumatique, comme les soldats de retour de la guerre, qui sursautent au moindre bruit un peu fort, bien qu'inoffensif.

Pourtant, plus Boylan poursuivait son discours, plus les muscles de Cassie se tendaient, sur la défensive. Elle se tourna brièvement vers Adam, pour voir s'il avait lui aussi cette sensation à propos du directeur, mais il observait la scène avec calme, sans la moindre expression alarmée.

— Merci à tous pour votre accueil chaleureux, déclara M. Boylan. J'espère que vous réserverez le même à mon fils, qui est nouveau ici également.

Il désigna quelqu'un, dans l'angle : Max, toujours appuyé sur sa crosse, les yeux droit devant lui.

Adam et Cassie échangèrent un coup d'œil. Ni l'un ni l'autre n'eurent besoin de dire quoi que ce soit.

Évidemment. Le nouveau sur lequel Faye avait jeté son dévolu était le fils du principal.

Elle se tenait juste derrière lui. Avec un sourire satisfait, elle scrutait l'arrière de son crâne, comme sur le point de le transpercer de son regard laser brûlant de désir. Surprenant Cassie qui la dévisageait, elle fit mine d'envoyer un baiser dans sa direction. Puis elle tira la langue en faisant semblant de lécher la nuque de Max.

— Ça promet, remarqua Cassie.

4

En rentrant chez elle après les cours cet après-midi-là, Cassie eut enfin un moment pour réfléchir un peu. Diana et quelques autres se rendaient en ville acheter leur tenue pour la fête de printemps. *Il te faut une robe de saison*, avait insisté Suzan quand Cassie avait prétendu être trop fatiguée pour aller faire les boutiques. Diana l'avait alors soutenue, lui conseillant de se reposer si elle n'était pas en forme.

Cela signifiait-il que Diana préférait qu'elle ne vienne pas ? Cassie aurait aimé être plus confiante à propos de son amitié avec Diana, mais leur relation semblait mise à mal en ce moment, un peu comme tout, d'ailleurs.

Cassie décida de rentrer par Cherry Hill Road, qui était le chemin le plus long, le plus joli aussi, bordé de cerisiers japonais sur le point de fleurir. Le vent soufflait fort, en cette journée du mois de mars, et elle adorait le bruit des rafales dans les arbres. Elle s'immobilisa un instant pour observer leurs feuilles, qui tremblaient et dansaient au-dessus de sa tête, jusqu'à en avoir le vertige.

— Tu piétines mes plates-bandes, entendit-elle derrière elle.

Jetant un coup d'œil par-dessus son épaule, elle découvrit une veste en cuir noir, sur un jean noir.

— Nick. Je suis venue chercher un peu de solitude, alors c'est peut-être toi qui piétines les miennes.

Elle avait essayé de prendre un ton sarcastique et léger… qu'elle gâcha immédiatement en ajoutant :

— Mais ça me fait vraiment plaisir de te croiser.

Elle remarqua qu'il paraissait gêné par ce commentaire un peu niais, pourtant elle ne put s'empêcher de continuer dans cette veine.

— Enfin… on n'a pas trop eu l'occasion de discuter, toi et moi, ces derniers temps. Et on ne se voit plus, en fait.

Le visage de Nick demeura de marbre. Il n'eut pas un sourire, pas même une esquisse. Visiblement, il ne ressentait pas la même chose. Détournant le regard, il tapota ses poches, à la recherche de ses cigarettes. Puis il se souvint qu'il avait arrêté de fumer, cessa de chercher et resta immobile.

— Tu me manques, Nick, s'entendit-elle dire.

Elle regretta aussitôt son ton pathétique et geignard.

Nick était ainsi – lointain, renfermé – depuis que Cassie et Adam sortaient ensemble. La partie rationnelle du cerveau de Cassie savait qu'il la repoussait parce qu'il souffrait, mais l'autre partie, l'irrationnelle, se fichait complètement de tout ça et voulait seulement qu'il retrouve une place dans sa vie.

Elle posa la main sur le cuir souple de son blouson et demanda, aussi innocemment que possible :

— Je ne te manque pas du tout ?

Une étincelle de douleur apparut brièvement sur son visage, comme si elle venait de le poignarder au ventre.

— Cassie.

Il s'apprêtait à dire quelque chose d'important, elle le sentait dans la douceur de sa voix, dans cette difficulté qu'il avait à trouver les bons mots. Il avait tant de mal à exprimer ses émotions que le voir s'y atteler ainsi fit fondre le cœur de Cassie. C'était le côté tendre de Nick, auquel si peu avaient accès.

— Cassie, écoute, reprit-il.

À cet instant précis, Adam arriva en voiture et donna un coup de klaxon.

— Hé, salut vous deux ! Je vous emmène ?

Pas de bol. Mauvais timing. Nick et elle étaient sur le point d'avancer un peu.

Mais c'était terminé. Le visage de Nick, qui s'était brièvement éclairé, s'assombrit à nouveau, plus hermétique et impénétrable qu'un coffre-fort.

— On te ramène chez toi ? lui proposa Cassie d'une petite voix.

La voir avec Adam était la dernière chose dont Nick avait besoin, elle en était consciente.

— Non merci, répondit-il, de son ton le plus glacial. Mais tu ferais bien de filer, ajouta-t-il en remarquant son hésitation. Ton carrosse t'attend.

Elle était partagée. Pendant une fraction de seconde, elle imagina un futur alternatif, dans lequel Adam n'aurait pas débarqué, et où Nick et elle auraient pu discuter sur le long trajet qui les aurait ramenés à la maison, sous les arbres. Elle n'avait pas envie de laisser échapper cette possibilité. Mais elle savait bien qu'il ne fallait pas exagérer. Après tout, elle se devait d'être loyale vis-à-vis d'Adam, aujourd'hui et pour toujours.

Nick s'en alla d'un pas traînant dans une direction qui l'éloignait de chez lui. Cassie se précipita pour lui souffler à l'oreille, avant de partir :

— Tu as peut-être gagné un peu de temps, mais je ne te laisserai pas t'en tirer aussi facilement.

Puis elle regagna la voiture d'Adam au petit trot.

L'intérieur avait toujours la même odeur. Un mélange doux et musqué de feuilles d'automne et d'essence, de cuir nourri et de caoutchouc, qui provoquait inévitablement son petit effet sur Cassie.

Adam l'observa attentivement de ses yeux bleus perçants, scrutant le moindre centimètre carré de son visage.

— Je croyais que tu faisais du shopping avec les filles.

— Je n'avais pas envie.

Il posa sa main sur son genou.

— Cassie, tu es sûre que tout va bien ?

Elle se tourna vers la fenêtre sans répondre.

— Nick t'en a fait voir ?

— Quoi ? Non, bien sûr que non. C'était plutôt le contraire, à vrai dire. J'essayais de le persuader d'être à nouveau ami avec moi.

Adam reposa les mains sur le volant, qu'il agrippa avec force.

— Il a besoin de temps, remarqua-t-il.

— Je sais.

Elle regardait les rues ordinaires de La Nouvelle-Salem céder la place à Crowhaven Road et décida de changer de sujet.

— Tu n'as pas eu une impression bizarre avec le nouveau directeur aujourd'hui ? demanda-t-elle.

— Non, pourquoi ? Toi oui ?

— En quelque sorte, mais je n'en suis pas certaine, répondit-elle avec franchise. J'ai envie d'en toucher un mot à Constance. Elle connaît peut-être un sortilège ou je ne sais quoi qui pourrait nous révéler sa vraie nature.

Il tenta de réprimer un sourire.

— Je crois que tu es un peu parano, Cassie. Et c'est légitime, après tout ce que nous avons traversé. Mais honnêtement, la seule chose que j'ai trouvé flippante à propos du directeur, c'est que Faye ait craqué pour son fils.

— Je sais, tu as sûrement raison.

Elle se plongea à nouveau dans la contemplation du paysage. Remarquant une berline noire derrière eux, elle tendit le cou pour voir si c'était un de leurs amis. Rares étaient les voitures à emprunter Crowhaven Road.

— Cassie. Écoute-moi. Black John ne nous hantera plus. Il a disparu. Nous avons gagné.

Malgré toute la sensibilité dont faisait preuve Adam, Cassie restait toujours gênée par ce qu'il préférait systématiquement taire : que Black John, le maléfique, était son père. À chaque fois qu'Adam abordait le sujet, il disait toujours *Il est parti, c'est fini* – certes, c'était une bonne chose, mais il aurait tout de même pu reconnaître que cette mort pouvait provoquer chez elle des réactions ambivalentes.

— Quand même, j'ai envie d'en discuter avec Constance, insista-t-elle. Tu peux me déposer chez elle, s'il te plaît ?

Adam se tut, conscient sûrement d'avoir dit quelque chose qui l'avait blessée.

Comme ils se trouvaient justement devant chez Constance, il ralentit et immobilisa la voiture. Cassie remarqua alors que le véhicule noir derrière eux s'arrêtait également avant de faire demi-tour et de regagner la route principale. *Bizarre*, songea-t-elle.

Personne ne répondit quand elle frappa une première fois à la porte, puis la tête grise de Constance apparut à la fenêtre de devant. Elle salua Cassie de sa petite main et lui ouvrit.

— Tu cherches Mélanie ? Elle n'est pas encore rentrée de l'école.

— En fait, tante Constance, c'est vous que je suis venue voir.

— Oh oh ! Qu'est-ce qui ne va pas ?

Elle lui fit traverser le parquet immaculé de l'entrée pour rejoindre le salon, où elle prenait le thé.

Cassie se sentait très à l'aise chez Constance depuis qu'elle avait accueilli sa mère durant sa maladie. L'endroit ressemblait beaucoup à sa propre maison, mais il était en bien meilleur état. Les murs étaient fraîchement peints, l'argenterie polie et il n'y avait pas un grain de poussière où que ce soit. Il flottait dans le salon un parfum de détergent à la cire que l'on utilise pour nettoyer le bois.

Constance remplit sa tasse décorée de saules et en servit une à Cassie avant de reprendre place dans son grand rocking-chair.

— Qu'est-ce qui te tracasse ? demanda-t-elle.

— Rien, à dire vrai, mais je suis venue vous demander conseil.

— À propos de quoi ?

Constance était mince et très digne, mais à osciller ainsi dans son fauteuil à bascule, elle avait une allure enfantine.

— Ces derniers temps, je me suis sentie un peu mal à l'aise.

Constance cessa de se balancer et posa ses pieds à plat sur le sol.

— Il va falloir que tu m'en dises un peu plus si tu veux des conseils, ma puce.

— Vous n'allez peut-être pas me croire, mais je fais de mon mieux, dit Cassie en posant son thé. Le problème, c'est que je sais que je devrais être heureuse. Le Cercle a vaincu Black John, ma mère est guérie. Et j'ai Adam, qui m'aime énormément.

— Mais ?

— Mais je n'arrive pas à me détendre.

Cassie se pencha tout près de Constance et se mit à lui parler en confidence.

— Aujourd'hui, par exemple, on nous a présenté notre nouveau directeur. Je me suis mise à trembler, là, au milieu de tous les élèves réunis. Ce n'était pas forcément à cause de lui, mais comment savoir, comment déterminer si… Oh, je n'en sais rien.

— Tu voudrais arriver à faire la différence entre l'anxiété et l'instinct ?

Constance souriait. Cassie opina.

— Il n'y a qu'une seule manière, reprit Constance. Des années de pratique. C'est l'un des plus gros défis qui attendent ceux qui ont le don de double vue.

Elle s'adossa dans son fauteuil et sembla, un instant, perdue dans ses pensées. Puis un sourire apparut sur ses minces lèvres rouges.

— Ta grand-mère était comme toi, poursuivit-elle. Nerveuse, pourrait-on dire. Si tu savais combien de fois elle m'a réveillée au milieu de la nuit, affolée à propos d'un mauvais présage qui se révélait être une simple indigestion.

Elle partit d'un grand éclat de rire qui lui fit monter les larmes aux yeux. Elle s'empara d'un mouchoir pour les faire disparaître avant de continuer.

— Excuse-moi, je ne voulais pas avoir l'air de prendre ça à la légère, mais ça sera de plus en plus facile avec le temps, Cassie, sois-en certaine.

— Donc, vous voulez dire qu'il n'existe aucun moyen magique pour savoir qui est bon, qui est maléfique, aucun test qui me permettrait de déterminer la véritable nature du nouveau directeur ?

Constance réprima une forte envie de rire, à nouveau.

— Ma chérie, si ce sort existait, j'aurais commencé par là.

Elle observa Cassie avec tendresse.

— Malheureusement, il n'existe aucun raccourci vers la paix de l'esprit.

Comme Cassie ne répondait pas, des rides d'inquiétude surgirent entre les sourcils de Constance.

— Pratique tes exercices de méditation et d'invocation tous les jours, l'encouragea-t-elle. Cultive ta tranquillité du mieux que tu peux.

Le conseil était simple, mais Cassie quitta la maison de Constance à peine plus rassurée.

5

Lorsque Cassie arriva à l'ancienne mairie, le soleil brillait sur la kermesse : on installait tables et stands pour les festivités du soir. Elle chercha sa mère parmi les volontaires pour l'aider à mettre en place les décorations qu'elles avaient enfin terminées la veille.

L'ancienne mairie était l'un des plus vieux bâtiments municipaux de La Nouvelle-Salem. C'était là qu'étaient autrefois réunis tous les bureaux fédéraux de la ville. Les environs immédiats avaient été conçus comme un marché en plein air, mais ces temps-ci, ils faisaient plutôt office d'espace public dédié à l'art, et bien entendu, ils accueillaient les fêtes annuelles célébrant le printemps et l'automne.

— Salut Cassie.

Laurel apparut, chargée d'un plateau qui devait faire deux fois sa taille et rempli de bulbes de tulipes. Elle le posa sur une table voisine et écarta les quelques mèches trempées de sueur qui cachaient son menu visage.

— Alors, tout excitée à l'idée de la fête de ce soir ?

— Bien sûr, répondit Cassie, d'un ton peu convaincant.

— Tu as bien raison. L'équinoxe de printemps, c'est important, pour nous les sorcières.

Elle jeta un coup d'œil à gauche, à droite, pour être sûre que personne ne l'avait entendue. Sur ce, ainsi que s'y attendait Cassie, elle se lança dans une petite leçon d'histoire. Quand on discutait avec Laurel, on pouvait rarement échapper au cours de botanique ou d'histoire. Selon les jours, on pouvait adorer ça ou avoir envie de lui scotcher la bouche, mais pour l'heure, Cassie la laissa parler.

— Comme beaucoup de traditions de La Nouvelle-Salem, l'origine de la fête de printemps remonte au paganisme. Cette fête s'appelait autrefois Ostara et célébrait le réveil de la déesse après l'hiver. Nos ancêtres honoraient alors l'équilibre des choses, entre physique et spirituel. Les grimoires conseillaient de planter des graines à cette époque, de vraies graines, mais aussi celles d'une manifestation désirée.

— Ça veut dire quoi, en clair ? demanda Cassie.

— Qu'il est temps de lancer de nouveaux projets et de mettre de nouveaux plans en action.

Laurel souleva à nouveau son plateau avec un grognement et s'éloigna, en concluant par-dessus son épaule :

— Il y a de quoi se réjouir.

Cassie balaya la place du regard. Dans chaque stand, les commerçants de la ville proposaient de la nourriture, des boissons ou des tickets pour remporter un objet à la tombola. Des groupes de musiciens locaux installaient leur matériel sur la scène de fortune. L'événement était simplement devenu un prétexte pour lancer la saison touristique. Néanmoins, Cassie se persuada qu'il fallait qu'elle en profite. C'était une célébration, en quelque sorte, ainsi que l'avait expliqué Laurel.

Cassie repéra sa mère à l'autre bout de la place, en train d'agrafer ses jonquilles de papier sur un panneau en contre-plaqué. Juste en face, Mélanie et Constance s'occupaient de leur stand de bijoux. Les cheveux marron de Mélanie formaient un casque lisse sur sa tête, tandis que la tignasse grise de sa grand-tante voletait follement dans le vent. Elles formaient une sacrée paire, toutes les deux. Mélanie était grande, belle et avenante, Constance, rabougrie et bossue, donnait ses ordres en tendant son doigt ridé. Mais l'amour et la compassion entre elles étaient palpables et les bijoux qu'elles créaient ensemble étaient le produit concret de cet amour. Mélanie avait raconté à Cassie que les gens de la ville ne comprenaient pas réellement le pouvoir des cristaux, mais peu importait. Leurs bijoux avaient du succès, et c'était pour la tante Constance une source de revenus supplémentaire à ne pas négliger.

Cassie salua Mélanie de loin puis elle aperçut Diana. Elle était entièrement vêtue de blanc, et sous les rayons du soleil, sa chevelure blonde paraissait presque ivoire, elle aussi. *Mon dieu*, pensa Cassie. *Diana brille littéralement comme un ange*. D'ailleurs, elle participait à la tombola caritative cette année. À dire vrai, c'était elle qui l'avait organisée. Parfois, Cassie se demandait s'il existait quelque chose dont Diana fût incapable.

Adressant à sa mère un petit signe pour lui assurer qu'elle arrivait, Cassie se dirigea vers le stand de tombola pour saluer Diana. Elle s'était sentie si éloignée de son amie ces derniers temps qu'elle pensait que ce geste lui ferait plaisir. Peut-être même s'agirait-il d'un premier pas pour tout arranger entre elles.

Cassie comprenait bien que cette distance était due au fait qu'elle passait la plupart de son temps libre en compagnie d'Adam. C'était forcément une situation délicate, quand il n'y a pas si longtemps, c'était Diana qui sortait avec Adam.

Malgré tout, Diana n'aurait pu réserver à Cassie meilleur accueil. Elle déposa son bloc-notes sur sa table et traversa la place en petites foulées pour la rejoindre à mi-chemin.

— Je suis contente que tu sois là. Les décorations de ta mère sont superbes.

— Merci, répondit Cassie avec hésitation. On peut discuter, toutes les deux ?

Elle avait proposé cela impulsivement, mais soudain, cela lui avait paru la chose à faire. Sans attendre la réponse de Diana, elle l'attrapa fermement par la main et l'entraîna près d'un long banc de pierre, sur lequel elles pourraient bavarder sans risque d'être entendues.

— Il faut que je te dise quelque chose, commença Cassie.

Dans les yeux verts de Diana apparut une étincelle d'inquiétude, mais elle s'assit, comme le lui avait demandé Cassie. Celle-ci s'installa en face, frottant anxieusement ses doigts sur la surface rugueuse du banc.

— Je sens bien qu'il y a un malaise entre nous.

Diana afficha un grand sourire.

— Un peu comme le malaise que tu ressens maintenant, tu veux dire ?

— Oui, fit Cassie en se sentant rougir. Effectivement. Mais voilà, je sais combien Adam et toi étiez proches, et le sacrifice que tu as fait, et…

Diana l'interrompit au milieu de sa phrase.

— Cassie, je sais. Vraiment. C'est vrai, ça a été dur, mais je crois qu'on s'y est tous habitués beaucoup plus vite que toi.

Elle posa les mains sur ses épaules.

— Je ne t'en veux pas. Honnêtement. C'est toi qui te compliques la vie.

Les yeux de Cassie s'emplirent de larmes et elle prit conscience, soudain, que Diana avait raison. Elle compliquait inutilement les choses. C'était censé être un nouveau départ. Partout autour d'elle, les gens s'enthousiasmaient pour le changement, et elle, elle ressassait de vieilles blessures, des craintes anciennes.

— Est-ce que ça veut dire qu'on peut passer plus de temps ensemble ? demanda-t-elle.

— Je l'espère bien !

Diana la serra contre elle et lorsque Cassie ferma les yeux, tout lui parut idéal. *Un nouveau départ*, pensa-t-elle encore. Maintenant, elle allait vraiment pouvoir apprécier la fête.

Bras dessus bras dessous, elles traversèrent la place pour rejoindre le stand de tombola. Cassie n'avait pas envie que leur proximité retrouvée se termine déjà, mais elles avaient du pain sur la planche.

— Il faut que j'aille aider ma mère, dit-elle.

Elle était sur le point de partir, quand une fille s'approcha d'elles. Elle avait de longs cheveux rouges, ondulés, et portait de grandes bottes noires qui venaient frôler l'ourlet de sa petite robe à bretelles.

— Excusez-moi. Je cherche le bed and breakfast qui est censé se trouver par ici.

Les yeux très foncés, presque noirs, elle avait à peu près la même taille et la même carrure que Cassie.

Diana lui montra la direction de l'ouest.

— Il est à environ deux minutes à pied, par là.

La fille s'empara de sa valise pleine à craquer et les dévisagea ostensiblement, comme si elle attendait autre chose.

— Je m'appelle Scarlett, dit-elle en tendant sa main libre à Diana.

Celle-ci se présenta, ainsi que Cassie puis s'enquit :

— Tu es de passage ?

— Non, je viens d'emménager ici, répondit Scarlett en se mordillant un ongle au vernis noir écaillé. Je ne resterai pas longtemps au B&B, si je finis par le trouver, bien sûr.

Diana haussa les sourcils.

— S'installer dans une nouvelle ville équipée d'une seule valise, c'est impressionnant.

Scarlett laissa échapper un rire gêné, ne sachant pas trop si Diana la taquinait amicalement ou si elle se moquait ouvertement. Cassie elle-même n'aurait pu en jurer. Elle connaissait assez Diana pour sentir qu'elle était sur ses gardes face à cette étrangère.

— Tu es inscrite au lycée de La Nouvelle-Salem ? demanda Diana.

Scarlett fit non de la tête.

— Je suis déjà diplômée. Je travaille sur les docks pour l'été.

— Je vois, commenta Diana d'un ton très dubitatif.

Diana était comme ça, avec ceux de l'extérieur, parfois. Cassie savait bien qu'elle ne voulait pas se montrer malpolie, d'ailleurs elle ne s'en rendait sûrement même pas compte. C'était une autosatisfaction inconsciente qui découlait du fait qu'elle s'était toujours sue spéciale. Cassie, elle, comprenait ce que signifiait être une jeune fille ordinaire, d'autant qu'elle aussi avait été nouvelle dans cette ville. Elle compatissait avec le sentiment d'étrangeté et de malaise que devait certainement ressentir Scarlett en ce moment précis.

— Eh bien merci pour ces renseignements, dit finalement Scarlett. Enchantée de vous avoir rencontrées.

— Attends.

Cassie éprouva soudain le besoin de remédier à l'accueil peu agréable de Diana.

— Tu n'as qu'à venir à la fête ce soir. Ici même, tu ne peux pas la rater.

Scarlett se mit à glousser comme une petite fille, et Cassie ne put s'empêcher de l'imiter. Il y avait chez elle quelque chose de rafraîchissant.

— On vient à peine de se rencontrer et déjà, tu te moques de mon sens de l'orientation défaillant ? répliqua Scarlett avant d'ajouter, avec un visage chaleureux : Merci, j'en serai ravie.

— Super, dit Cassie. Alors à plus tard.

Elle regarda Scarlett s'éloigner et Diana récupéra son bloc-notes sur la table.

— C'est bien convivial de ta part, remarqua-t-elle.

— Comment ça ?

— Tu sais bien, répondit Diana en examinant sa liste des choses à faire, dont elle feuilletait les nombreuses pages. Attentionné, aimable.

— Merci, je sais ce que ça veut dire, mais *toi*, qu'est-ce que tu entends par là ?

Diana reposa son bloc-notes et fit rouler son stylo entre ses doigts tout en observant avec sérieux l'expression de Cassie.

— Tu as vu quelque chose en elle, n'est-ce pas ? Qu'est-ce que c'était ?

Cassie aurait dû se douter que rien n'échappait jamais à Diana. C'était vrai, elle avait bien perçu quelque chose chez Scarlett, pourtant elle n'arrivait pas à définir de quoi il s'agissait.

Elle sentit un frisson parcourir son dos, ses bras, jusqu'à l'extrémité de ses doigts. Une excitation qu'elle était incapable d'expliquer.

— Je ne sais pas trop. Mais je crois que c'était positif.

— Eh bien, une bonne nouvelle, pour changer, remarqua Diana.

— À qui le dis-tu.

— Tu as peut-être été envoûtée par ses cheveux teints.

— Sois sympa.

— Je ne suis pas méchante, répliqua Diana avec malice. Sa teinture m'a donné envie de boire un verre de soda à la cerise, j'adore.

Sur ce, toutes deux éclatèrent d'un rire franc et sonore, comme autrefois.

6

Le croissant blanc lumineux de la lune se détachait sur le ciel limpide. Cassie et Adam, main dans la main, se tenaient tout près du mât enrubanné. Elle se sentait radieuse dans la petite robe à bretelles jaune que ses amies avaient sélectionnée pour elle. Elle l'avait découverte dans sa salle à manger tôt dans la matinée. Suzan l'y avait déposée, accompagnée d'un mot rédigé de son écriture ronde : *Cette robe était faite pour toi !*

Suzan avait également acheté des cravates pour les garçons, qui avaient fière allure ; cependant, les filles étaient sans conteste les plus éblouissantes. Mélanie portait de la mousseline de soie verte, Laurel un voile incarnat, Suzan, voluptueuse, comme toujours, s'était choisi une robe sans manches couleur cuivre qui frôlait l'indécence. Diana était en tunique de soie ivoire toute simple.

Deborah, qui portait rarement des robes, s'était fait belle à sa manière : slim blanc, tee-shirt assorti et veste de cuir violet.

— Vous avez vu Faye ? demanda-t-elle à Cassie et Adam.

Ce dernier répondit d'un haussement d'épaules, mais Sean intervint :

— Elle a Max dans son viseur.

— Elle n'a pas encore lâché l'affaire ? se moqua Deborah. Il l'a évitée toute la semaine.

Sean secoua la tête.

— Tu parles, dit-il. Faye ne renonce pas aussi facilement.

— Et Nick ? s'enquit Cassie. Quelqu'un l'a vu ?

Le visage de Deborah durcit en entendant ces mots. Elle se montrait extrêmement protectrice envers son cousin dès qu'il s'agissait de Cassie.

— Je ne pense pas qu'il viendra.

— Pourquoi ? demanda Cassie.

— Parce que.

Deborah tenta d'intimider Cassie du regard, mais celle-ci l'ignora. Deborah croyait ainsi éviter à Nick davantage de souffrance, mais elle ne comprenait rien : Cassie n'avait que de bonnes intentions. Après avoir éclairci les choses avec Diana, elle s'était sentie tellement mieux. Elle espérait bien faire la même chose avec Nick ce soir.

Diana adressa à Deborah un froncement de sourcils lui signifiant qu'elle compatissait avec la situation difficile de Cassie.

— Nick pourrait finir par se montrer, la rassura-t-elle. On ne peut jamais savoir avec lui.

Un silence s'ensuivit. Cassie observait le mât enrubanné et admirait les guirlandes et les flots multicolores qui descendaient du sommet quand Diana prit la parole :

— Tiens, Cassie, ce ne serait pas Scarlett ?

Celle-ci, qui venait de les remarquer, fendait la foule dans leur direction. Elle portait une robe baby-doll bleu layette et ses longs cheveux rouges étaient remontés sous un chapeau melon en feutre brun. Lorsqu'elle croisa le regard de Cassie, elle accéléra le pas et la salua de la main.

— Qui est-ce ? demanda Adam.

Cassie perçut un soupçon de curiosité fascinée dans son ton.

— Oh ! j'adore son chapeau, observa Suzan.

Deborah opina. Elle appréciait toujours les filles assez stylées pour porter avec succès un article masculin.

— Et ses bottes déchirent aussi, ajouta-t-elle.

Scarlett, tout sourire, débordant d'assurance, fut présentée au reste du groupe. Elle les salua tous individuellement avec l'affection d'une amie de longue date, ses yeux foncés scrutant chacun d'eux.

Ce n'était pas seulement son sens de la mode qui était captivant, remarqua Cassie. C'était sa nature : elle était tout de suite à l'aise avec tous ceux qu'elle rencontrait. Et elle était très jolie. Lorsqu'elle serra la main de Sean, celui-ci avait presque la langue qui pendait hors de sa bouche.

Scarlett échappa à sa poigne en gloussant et se tourna vers Diana.

— Ravie de te revoir, lui dit-elle.

— Oui, répondit Diana d'un ton qui fit grimacer Cassie.

Mais Scarlett afficha un sourire éblouissant, signe qu'elle ne se vexerait pas de cette indifférence ostensible.

— Le lancer d'œufs commence, annonça Sean avec excitation en essayant d'attirer à nouveau l'attention de la nouvelle venue. Allez, on va encourager Chris et Doug. Il y a en jeu cinq cents dollars de bons d'achat au magasin de bonbons, et ils sont bien décidés à les remporter.

Scarlett parcourut du regard les nombreux stands et camionnettes proposant de la nourriture.

— En fait, je meurs de faim, moi. J'ai très envie d'une de ces brochettes au chorizo.

— Je t'accompagne, intervint Cassie.

Elle avait hâte d'en savoir un peu plus sur Scarlett et maintenant qu'elle y pensait, elle avait un petit creux, elle aussi.

Le groupe se sépara donc. Tous les autres se dirigèrent vers la pelouse où avait lieu le lancer d'œufs, sauf Adam et Diana, qui se rendirent au stand de bijoux de Mélanie et Constance.

Cassie et Scarlett s'achetèrent chacune une brochette et firent un tour sur la place, en discutant entre deux bouchées de viande.

— Alors comme ça, tu t'es installée au bed and breakfast ? demanda Cassie, aussi innocemment que possible.

Scarlett acquiesça, mâcha, déglutit.

— Où sont tes parents ?

— Ma mère est décédée, répondit Scarlett du tac au tac, comme si elle préférait se débarrasser de cette information le plus rapidement possible.

— Oh, je suis désolée.

— Elle a grandi ici, poursuivit Scarlett. C'est la raison pour laquelle j'ai eu envie de venir à La Nouvelle-Salem, pour essayer de me rapprocher d'elle, en quelque sorte, et de mon passé.

Elle détourna le regard à cet instant, craignant peut-être d'en avoir trop dit.

Cassie réfléchit une seconde pour trouver les mots qui conviendraient.

— Je trouve ça super. Enfin, c'est vraiment courageux de ta part. Même si c'est douloureux.

Scarlett hocha la tête.

— Disons que je cherche juste un nouveau départ.

— Je vois ce que tu veux dire, répondit Cassie.

— Alors, parle-moi un peu de toi.

L'esprit de Cassie se mit à fonctionner à toute vitesse. Elle avait envie de l'entraîner vers des sujets un peu plus frivoles, mais elle se rendait bien compte que toutes les choses un peu marrantes et intéressantes qu'elle avait à raconter avaient trait au Cercle – elle resta donc sans voix. Pour la première fois depuis son arrivée à La Nouvelle-Salem, elle comprit pourquoi être amie avec quelqu'un de l'extérieur pouvait constituer un vrai défi.

— Eh bien, tenta-t-elle néanmoins. Voilà ma mère, là-bas, c'est elle qui vend les billets de tombola.

En la désignant, Cassie surprit aussi Adam et Diana dans un coin, en train de partager un cône vanille. Ils riaient parce que Adam s'était mis de la glace sur le nez et le menton et que plus il essayait de l'essuyer, plus elle s'étalait.

Cassie sentit son ventre se serrer. Mais pourquoi ? Ce n'était qu'un cône vanille. Une sucrerie partagée entre amis. Il n'y avait pas de quoi s'énerver. Elle allait les rejoindre, voilà tout. Elle entraînait Scarlett dans leur direction quand elle repéra soudain Faye, qui approchait, juste en face d'elles.

Elle était vêtue d'une robe noire transparente qui épousait son corps comme un corset. Quelques pas derrière elle se trouvait Max qui, même dans son polo décontracté, semblait tout droit sorti d'un catalogue Abercrombie.

Adam et Diana cessèrent de rire et se concentrèrent de nouveau sur leur problème de glace à l'instant où ils virent Cassie et les autres arriver dans leur direction.

Faye leur présenta Max et jaugea Scarlett de pied en cap.

— Qui es-tu ? demanda-t-elle.

— Voici Scarlett, intervint Cassie. Elle est nouvelle en ville, comme toi, Max.

Celui-ci la salua de la tête, mais il était clairement absorbé par Diana.

— Je t'ai aperçue à la réunion, vendredi, dit-il. Tu étais la seule à écouter le discours chiant de mon père.

Diana parut décontenancée.

— Tu m'as vue ? s'étonna-t-elle, avant d'ajouter : Il n'était pas chiant.

— Non ? Tu es sûre ?

Comme il la dévisageait avec un air malicieux, elle sourit.

— OK, juste un peu, alors, admit-elle.

— Merci pour ta franchise.

Il attrapa sa main, la serra entre ses doigts solides.

— Maintenant, on peut être amis.

Diana rougit et Cassie remarqua qu'Adam s'agitait un peu, gêné.

— Mon père est quelque part, dans le coin, poursuivit Max en s'adressant toujours à Diana et à elle seule. Si jamais tu le croises, n'oublie pas de le flatter sur ses talents d'orateur.

Faye serrait la mâchoire si fort que Cassie craignit que son crâne ne finisse par exploser.

— Compte sur moi, répondit Diana. Mais si tu veux bien m'excuser, on était sur le point d'aller encourager nos amis.

Elle désigna la compétition de lancer d'œufs.

Max parut un peu déçu.

— Je vais essayer de retrouver mon père.

Faye fit mine de lui emboîter le pas, mais il l'arrêta.

— À plus tard, dit-il avant de disparaître dans la foule.

Adam, qui n'avait pas desserré les dents jusque-là, affichait un air dégoûté.

— Trop bizarre.

— Adam, le gronda Diana. Il essayait juste de s'intégrer. Tu sais comment font les gens quand ils sont nouveaux : ils feraient n'importe quoi pour impressionner les autres.

Scarlett baissa les yeux, concluant qu'il s'agissait d'une pique dirigée contre elle. Cassie ouvrit la bouche pour intervenir, mais avant qu'elle ait le temps de prononcer le moindre mot, Faye s'en alla au pas de charge.

— Max n'en a pas trop fait pour l'impressionner, elle, remarqua Adam.

— Elle le harcelle sexuellement depuis l'instant où il a mis un pied au lycée, observa Diana en haussant la voix. Les efforts seraient superflus avec elle.

Cassie aurait préféré que Scarlett ne soit pas témoin de cet étrange moment de tension. Elle avait un peu honte que ses amis aient pu lui paraître aussi mesquins.

— Allons-y, dit-elle à Scarlett. Ils nous rattraperont.

Elles traversèrent la place ensemble.

— Diana et Adam ne sont pas comme ça, en temps normal. Tu viens de les voir dans des circonstances un peu spéciales.

— Je comprends, répondit Scarlett en souriant. Ça arrive la jalousie, dans un couple. Ils ont le droit de se chamailler.

Brutalement, Cassie se sentit mal à nouveau.

— Adam est mon petit ami, l'informa-t-elle calmement. Pas celui de Diana.

— Oh ! souffla Scarlett en se mordant la lèvre. C'était idiot, je n'ai pas vu…

— Non, ne t'inquiète pas. Je sais ce qui a pu te faire croire ça. C'est plutôt compliqué.

Elles rejoignirent le reste de la bande tout au bout des tribunes. Cassie était soulagée de pouvoir enfin changer de sujet. Les derniers en lice dans la compétition étaient Chris et Doug d'un côté et une équipe de frère et sœur qui ne devaient pas avoir plus de onze ans, de l'autre.

— Ils adorent les bonbons, confia Cassie à Scarlett, comme si c'était là une explication raisonnable.

— Respect. J'adore les bonbons, moi aussi. Une fois, j'ai mangé tellement de Skittles que j'ai éternué en arc-en-ciel pendant trois jours.

La blague était débile, mais Cassie la reconnut pour ce qu'elle était : Scarlett essayait de détendre l'atmosphère, de la réconforter. Elle appréciait le geste. Qu'elle soit de l'extérieur ou non, cette fille lui plaisait.

À cet instant, un cri retentit du côté nord de la place, attirant l'attention de tous : quelqu'un appelait à l'aide. Tous les regards se mirent à chercher la source de cet appel terrifiant, mais la bande identifia immédiatement la voix de Mélanie. Ils se précipitèrent en direction de son stand. Même Chris et Doug laissèrent tomber leurs œufs pour venir à la rescousse.

Une fois sur place, Cassie écarta la foule et découvrit la grand-tante Constance étendue sur le sol. Mélanie demandait à quelqu'un d'appeler une ambulance. Quelques personnes dotées de connaissances médicales étaient agenouillées autour de Constance pour prodiguer les premiers secours ; elles ordonnèrent à tout le monde de reculer pour la laisser respirer. L'une d'entre elles dut même retenir Mélanie, qui se débattait pour lui échapper, avant que Diana et Laurel ne l'attrapent par le bras pour l'entraîner un peu plus loin.

Une femme, qui s'apprêtait à acheter un collier à Constance avant l'incident, raconta :

— Elle allait très bien et tout à coup, elle a eu une expression de panique et elle est tombée.

Adam balaya la foule du regard avec suspicion. Cassie scruta elle aussi les badauds, à la recherche de sa mère, sans réussir à la repérer. Peut-être était-elle partie chercher les secours. Ou peut-être que voir Constance à terre lui avait fait un choc. En temps de crise, sa mère avait tendance à s'effondrer plutôt qu'à monter au créneau. Cassie n'aurait pas été étonnée d'apprendre qu'elle s'était précipitée à la maison.

Les urgentistes arrivèrent, et Cassie préféra détourner le regard pour ne pas les voir pratiquer la réanimation sur le corps sans réaction de Constance. Le groupe soutenait Mélanie, Adam serrait Cassie fort contre lui. Elle enfouit sa tête au creux de son épaule.

Impossible de savoir pendant combien de temps ils s'affairèrent autour de Constance. Cassie n'arrêtait pas de se dire qu'il s'agissait d'une farce. Elle imaginait Constance en train de les narguer depuis le sol : *Ha ha, je vous ai bien eus.* Elle essayait toujours de leur rappeler la fragilité de la vie et le délicat équilibre des choses. Peut-être était-ce une nouvelle leçon. Pourtant, les secouristes cessèrent finalement de pousser, tirer, pomper, expirer. Il n'y avait plus d'air à donner ni à recevoir, il ne restait plus aucun espoir. Le responsable se leva et résuma leurs efforts en une conclusion ultime. Il déclara tante Constance morte. *Elle a trépassé*, ce fut l'expression qu'il utilisa – une expression que Cassie considéra incroyablement violente.

— Rupture d'anévrisme, sûrement, annonça-t-il à son assistant.

Puis il présenta ses condoléances à Mélanie.

— Nous avons fait tout ce que nous pouvions, mademoiselle.

Jamais, jusqu'à cet instant, Cassie n'avait vu Mélanie perdre son sang-froid de la sorte. Elle faisait toujours front face à l'adversité – surtout en public. Mais là, c'en fut trop. Elle tomba à genoux et se mit à gémir. *Tu parles d'un nouveau départ*, songea Cassie.

7

— Tout le monde meurt autour de nous, dit Cassie. Quoi qu'il arrive.

La scène ne cessait de se rejouer dans son esprit – le cri de Mélanie, la vision de Constance à terre. Elle ne pouvait plus s'arrêter de trembler. Malgré toutes les lanternes, malgré les chandelles vacillantes autour d'elle, dans le phare, elle était frigorifiée.

Laurel avait souhaité organiser une cérémonie qui permettrait de donner la force à Mélanie de tenir les prochains jours. Ils avaient réuni les simples et les cristaux nécessaires, mais alors qu'ils étaient sur le point de commencer, le groupe se jugea incapable de faire quoi que ce soit de structuré. Chacun était perdu dans son propre brouillard, traumatisé.

Adam entoura les épaules de Cassie d'une couverture, mais elle lui parut tout aussi glacée, tout aussi humide sur son corps. Ses tremblements étaient incontrôlables.

— Elle a besoin d'un truc pour se calmer, dit-il.

Diana s'empressa de fouiller dans le tiroir du haut du grand buffet en étain qu'ils avaient rempli de plantes et de racines médicinales.

Elle en tira un flacon minuscule et une pipette.

— Tiens, c'est de la teinture de valériane, dit-elle en approchant la pipette de la bouche de Cassie. Ça a un effet tranquillisant. Nous devrions tous en prendre.

Faye écarta Cassie avant que les gouttes ne tombent sur sa langue.

— N'essaye pas de l'endormir pour lui faire oublier la vérité, Diana.

Elle glissa un bras autour de la taille de Cassie.

— Ce que dit Cassie est juste. Tout le monde meurt autour de nous. C'est normal qu'elle perde un peu la tête.

Faye scruta le visage de tous les membres du groupe puis posa les yeux sur Diana.

— Mais je me demande si ça doit forcément continuer comme ça.

Diana reposa la teinture sur la table.

— Qu'est-ce que tu veux dire ?

— Je crois que tu le sais très bien, répondit Faye en se plaçant au centre de la pièce. Nous détenons les Artéfacts, maintenant. Les plus puissants outils qu'une sorcière puisse avoir. Nous pourrions faire revenir Constance.

Diana demeura silencieuse, mais Laurel bondit de son siège.

— Faye a raison. Constance nous enseignait tellement de choses à propos de nos pouvoirs et ce n'était que le début de notre entraînement. Nous avons besoin d'elle.

Deborah opina.

— Une sorcière aussi puissante qu'elle ne devrait pas être difficile à ramener d'entre les morts.

Le visage naturellement pâle de Diana parut blanchir encore davantage.

— Je ne sais pas, dit-elle. J'ai envie de sauver Constance, mais utiliser ce genre de magie noire pourrait être dangereux. Nous ne savons rien des répercussions que cela pourrait entraîner.

— Vous êtes tous devenus complètement dingues ? demanda Cassie. Vous pensez vraiment pouvoir ressusciter les morts ?

— En réalité, ce n'est pas aussi saugrenu, intervint Adam. Je sais bien que tout ça est encore très nouveau pour toi, Cassie, mais la nécromancie est utilisée depuis le IIIe siècle.

— Il y a même un mot pour ça ?

Cassie avait du mal à en croire ses oreilles.

— Un mot d'origine grecque, précisa Laurel. De *nekos*, qui signifie la mort et *mancie*, la divination.

Cassie se tourna vers Diana pour une confirmation, et celle-ci hocha la tête.

— Cela dit, pour les Grecs, la nécromancie, c'était la descente aux Enfers, précisa Diana. On s'en servait comme d'un moyen pour consulter les morts. Le but n'était pas de les faire revenir dans la sphère des mortels.

— Mais, intervint Adam, on sait bien que nos ancêtres en ont fait cet usage. Toi-même, Diana, tu as…

Les yeux verts de Diana s'enflammèrent d'un coup pour lui imposer le silence. Mais cela n'échappa pas à Faye, aux aguets, comme toujours.

Diana posa ses mains fines sur la petite table devant elle. Pour ne pas tomber, imagina Cassie. Puis, elle prit la parole, avec précaution.

— Dans mon Livre des Ombres, il y a un sort de résurrection. Adam et moi l'avons découvert il y a quelques années.

Faye émit un couinement de satisfaction pure.

— Je le savais.

— Allez, on le fait, lança Deborah. Nous avons les pouvoirs, et nous avons le sort.

Suzan acquiesça.

— Nous devons au moins le tenter.

Adam ne dit rien, mais Cassie sentit vibrer l'excitation sous son expression neutre. Il en avait envie – il avait envie de tester les limites de son pouvoir. C'était une des facettes d'Adam dont Cassie oubliait souvent l'existence. Derrière son apparence de responsabilité infaillible, c'était un aventurier de cœur.

Diana, toujours méfiante, dit encore :

— J'imagine que ça vaut le coup d'essayer. Tant que nous restons extrêmement prudents. Mais d'abord, votons.

Laurel rejoignit Faye au centre.

— À moi l'honneur, en l'absence de Mélanie, dit-elle. Ceux qui sont pour sauver Constance, levez la main.

Tout le monde s'exprima en faveur de cette expérience, sauf Cassie. Laurel la regarda, étonnée de n'avoir pas obtenu l'unanimité.

— J'en ai envie, précisa Cassie. Évidemment, que j'en ai envie. Mais j'ai… très peur.

— Nous ne pourrons utiliser ce sortilège sans un cercle complet, prévint Diana. C'est tout ou rien.

La voix de Laurel se fit plaintive.

— On parle de la famille de Mélanie, là. Son unique famille.

Mais Diana resta ferme.

— Nous ne pouvons pas forcer Cassie à accomplir un rituel de cette puissance contre sa volonté.

Cassie sentit l'attention de tous se porter sur elle.

— Je vais le faire, répondit-elle avant que qui que ce soit d'autre n'intervienne. Personne ne me force. Constance était notre famille à tous et je tiens à le faire.

Faye tapa dans ses mains et commença immédiatement à donner des ordres.

— Il va falloir agir vite. D'abord, il nous faut les Artéfacts. Je vais chercher la jarretière.

Elle pointa du doigt Cassie et Diana.

— Vous deux, allez récupérer le bracelet et le diadème dans les planques que vous leur avez trouvées. Diana, n'oublie pas ton Livre des Ombres. Les autres, faites venir Mélanie.

Elle marqua un temps d'arrêt.

— Et le corps.

— Le corps ? répéta Sean, tétanisé. Tu veux dire qu'on doit le ramener ici ?

Faye le secoua un peu.

— Et où veux-tu qu'on lui redonne vie, sinon ? Bouge !

Cassie approcha de la table à laquelle Diana était assise, pendant que les autres se hâtaient de se mettre en route.

— Le diadème est caché dans ma chambre, annonça Diana d'un ton solennel. On y va ensemble ?

Cassie opina.

— Finalement, Faye a obtenu ce qu'elle voulait. Nous allons bel et bien utiliser les Artéfacts.

Diana s'empara de son sac.

— Tu peux encore revenir en arrière si tu es mal à l'aise avec ça.

— Et toi, ça ne te dérange pas ? demanda Cassie.

— J'aimerais voir Constance en vie. Et lorsque nous aurons procédé au rituel, nous remettrons chaque relique dans sa cachette.

— Mais tu as parlé de répercussions possibles…

Diana ne répondit rien pendant un instant, puis elle reprit la parole en choisissant soigneusement ses termes.

— Toute magie a des incidences, Cassie. Le pouvoir est toujours assorti de conséquences.

Puis elle se détourna, comme si cette affirmation était anodine, et plongea la main dans son sac, à la recherche de ses clés.

— Allons chercher les Artéfacts. Je t'emmène.

8

Lorsque Cassie entra dans la maison, la cuisine était plongée dans l'ombre et le silence. Sa mère n'était pas là, tant mieux : Cassie n'avait pas très envie d'expliquer pourquoi elle retirait des briques de la cheminée. Un peu plus haut dans la rue, Diana récupérait quant à elle la tiare, ainsi que les autres matériaux nécessaires pour mener à bien le rituel de résurrection. Et un peu plus loin encore, le reste du groupe tentait, d'une manière ou d'une autre, de convaincre Mélanie d'emmener le corps de sa grand-tante jusqu'au phare. Avant cette année, Cassie n'avait jamais vu de cadavre, et voilà qu'elle s'apprêtait à en toucher un pour essayer de lui rendre la vie.

La cheminée ne constituait pas une cachette vraiment originale pour le bracelet, Cassie le savait bien. Mais après tout, elle avait fonctionné avec succès pendant tant d'années, alors pourquoi se creuser la tête pour faire autrement ? Tout au fond de sa bouche de pierre béante, elle récupéra la boîte en argent exactement où elle l'avait laissée. Lorsqu'elle en souleva l'antique couvercle, le bijou se mit à scintiller, comme pour célébrer l'apparition soudaine, et surprenante, de la lumière.

Cassie s'accorda une seconde pour en admirer la beauté. Elle fit courir ses doigts sur le motif sophistiqué gravé sur sa riche surface d'argent, soupesa l'objet dans sa main. Déjà, Diana l'appelait de dehors.

— J'arrive ! cria-t-elle en se précipitant à l'étage pour enfiler sa tunique blanche de cérémonie.

Une fois habillée et prête, elle rejoignit Diana, qui patientait sur la véranda, installée sur la balancelle, un grand sac de coton posé à côté d'elle. Elle aussi avait revêtu sa tenue immaculée, mais elle avait une prestance à laquelle Cassie ne pouvait qu'aspirer. Diana demeurait maîtresse d'elle-même, malgré toute l'angoisse générée par cette situation.

Cassie lui prit la main, dans l'espoir fou qu'elle lui transmettrait sa force par le simple contact de sa peau. Et cela fonctionna, d'une certaine manière. Ces quelques secondes de proximité avec Diana l'apaisèrent.

— Nous avons fait le bon choix, dit Diana. Nous avons besoin de Constance.

Cassie n'avait pas oublié quel rôle Constance avait joué depuis la mort de sa grand-mère : elle était son refuge. Tous ces après-midi passés dans son salon, à découvrir de nouveaux sorts, à étudier les rituels. Constance était l'unique lien du Cercle avec les pratiques anciennes.

— Je le sais bien, répondit Cassie de sa voix la plus courageuse. Je suis prête.

— Allez, on commence.

À leur arrivée au phare, Diana vida son sac de coton sur la table et se lança immédiatement dans la lecture des consignes notées dans son Livre des Ombres.

Cassie n'était pas étonnée de constater que tout le monde s'était automatiquement tourné vers Diana dans un moment comme celui-là – un moment vraiment important. Elle resterait toujours leur leader naturel, quoi qu'il arrive.

— Il faut entièrement recouvrir le corps de deux épaisseurs de tissu blanc, lut Diana à voix haute à Adam. La tête et le visage, de tulle.

D'un geste, elle désigna le filet immaculé très fin posé sur la table.

— Je m'en occupe, répondit Adam en opinant.

Nick, Chris et Doug repoussèrent tous les meubles à la périphérie de la pièce. Mélanie s'agenouilla au centre, auprès du corps dissimulé. Cassie aida Deborah à suspendre des draperies violettes aux fenêtres.

Diana s'approcha de Faye, deux encensoirs dorés à la main.

— Il faut purifier la pièce avec de la sauge et de l'encens.

Faye avait revêtu sa tunique de cérémonie noire, ainsi que la jarretière de cuir verte ornée des sept boucles d'argent. Elle récupéra les encensoirs puis appela Sean pour qu'il se charge de la tâche qui venait de lui être assignée.

— Où est le diadème ? demanda-t-elle.

Diana désigna Mélanie, solennellement assise, la tiare sur sa tête.

— Elle est la seule à pouvoir porter les Artéfacts ce soir, dit Diana. C'est à elle que revient l'invocation. Nous autres, nous ne sommes là que pour la soutenir.

Même Faye ne pouvait s'opposer à ce que Mélanie dirige la cérémonie, pourtant elle arracha la jarretière de sa jambe avec colère. Cassie, juste derrière, ôta le bracelet de son poignet.

Quelques minutes suffirent à préparer les lieux, puis Diana signala le début du rituel.

— Faye et Cassie, vous voulez bien tracer le cercle selon mes instructions ? Pardonnez-moi si je vais lentement, le texte n'est vraiment pas facile à déchiffrer, je fais de mon mieux. Tout le monde est prêt ?

Cassie observa la pièce plongée dans la pénombre. Elle n'était pas la seule à se sentir nerveuse, apparemment, mais personne n'allait plus reculer maintenant. Mélanie semblait évoluer dans un brouillard, le regard flou, mais ainsi vêtue des Artéfacts, elle n'avait jamais été aussi belle.

Diana s'éclaircit la gorge et commença sa lecture à voix haute.

— Un cercle magique doit être tracé sur le sol à l'aide d'une encre de suie et de porto mélangés. À l'intérieur de celui-ci, un second cercle doit être formé à quinze centimètres du premier.

Cassie et Faye les dessinèrent ensemble autour de Mélanie et Constance, à l'aide du calice d'encre préparé au préalable par Diana.

— Puis, dedans, poursuivit celle-ci, dessinez un triangle, dont le centre servira à accueillir le défunt et l'invocateur principal.

Cassie et Faye s'exécutèrent, ne laissant à l'intérieur que Mélanie et Constance.

— Tout le monde entre, dit Diana. Ensuite, je scellerai le cercle extérieur par les quatre strates de protection.

Rapidement, le groupe s'installa, à genoux sur le périmètre ; enfin, Diana invoqua les quatre éléments.

— Pouvoirs de l'air, protégez-nous. Pouvoirs du feu, protégez-nous.

Cassie, attentive, ferma les yeux.

— Pouvoirs de l'eau, protégez-nous.

Diana énonçait chaque syllabe avec précision.

— Et enfin, j'en appelle aux pouvoirs de la terre, protégez-nous.

Diana rejoignit alors ses camarades, sans cesser de lire son Livre des Ombres.

— Pour commencer, l'invocateur doit allumer une bougie noire et la soulever à sept reprises au-dessus du corps en nommant l'esprit à réveiller.

À ces mots, tous les yeux se tournèrent vers Mélanie. Cassie se demandait si elle aurait la force d'aller jusqu'au bout. Mais les Artéfacts se mirent à briller, Mélanie se redressa et alluma la bougie. Elle la passa au-dessus du drap blanc en répétant :

— Grand-tante Constance, Constance Burke, entends-nous.

Diana continua :

— Puis, d'un calice d'or rempli de fleurs d'amarante séchées, saupoudrez le corps et ses alentours.

Pendant que Mélanie s'exécutait, Diana dit :

— Mélanie, répète après moi : Toi que l'on pleure, vois maintenant la nature de ces pleurs.

Mélanie répéta :

— Toi que l'on pleure, vois maintenant la nature de ces pleurs.

Cassie sentit ses yeux se remplir de larmes, Diana entonna :

Tel est le sort que nous invoquons
De la chair à l'os, des veines aux tendons,
Qu'ils reviennent tels qu'ils devraient être
Que Constance puisse renaître.

Tous se concentrèrent intensément, pour unir leurs pouvoirs. Cassie sentit une énergie s'élever du triangle central, essaimer jusqu'à chaque membre du groupe, les allier dans un dédale lumineux.

Diana lut :

— Au bout d'un moment de silence et de concentration, découvrez le visage du défunt. Puis invoquez à nouveau le nom de l'esprit, avec affection. Dites « Bienvenue ».

Les mains tremblantes, Mélanie écarta avec délicatesse le voile qui recouvrait le visage de Constance.

— Grand-tante Constance. Bienvenue.

— Alors, le corps se mettra en mouvement, poursuivit Diana. Les paupières se soulèveront, puis interviendra le réveil désiré.

La pièce bourdonnait d'énergie. Cassie la sentait filer, tourbillonner autour d'elle en spirales, mais elle ne la craignait plus. L'air ambiant se réchauffait, Cassie voyait la vie revenir doucement sur le visage de Constance, peu à peu, comme le lever du soleil.

À cet instant, une forme apparut. Au début, Cassie la remarqua à peine dans l'éclat qui illuminait le front de Constance, puis la forme se mit à grossir, à briller davantage, jusqu'à apparaître comme une ecchymose iridescente.

C'était, sans le moindre doute, un symbole, une marque primitive qui évoquait une sorte de serpent tordu dans un hexagone. Soudain, tout devint noir. La lumière sur le visage de Constance, le symbole, la flamme des bougies – tout disparut, comme si une épaisse couverture était tombée du plafond pour étouffer la pièce.

Diana alluma sa lanterne et l'approcha du visage bouleversé de Mélanie. Sa grand-tante Constance était toujours morte. Pour Mélanie, il semblait qu'elle venait de mourir une deuxième fois.

— Le sort n'a pas fonctionné, constata Laurel.

— Pourtant, ça marchait, dit Diana en se tournant frénétiquement vers les membres du groupe. Vous l'avez bien senti, tous ?

— Oui, bien sûr, confirma Adam. Je ne comprends pas ce qui s'est passé.

Faye demeurait silencieuse, mais semblait tout aussi perplexe que les autres.

Adam reprit la parole.

— Y a-t-il autre chose, dans ce sort, Diana ? Est-ce que ton livre précise un détail ?

Diana scruta le bas de la page puis passa à la suivante, avant de revenir une nouvelle fois en arrière.

— C'est presque illisible, mais je vois effectivement une ligne griffonnée en bas.

Elle tint la lanterne juste au-dessus des pattes de mouche de son livre.

— Il est écrit : « Si d'aventure rien ne se passait, que cette sorcière avait raison... » Et là ça s'interrompt. La suite a été effacée.

— Effacée ?

Faye prit l'ouvrage des mains de Diana pour le voir de ses yeux.

— Comment un truc aussi important a-t-il pu être effacé ?

— Ces écrits sont vieux de trois siècles, dit Adam en prenant la défense de Diana. Ce n'est pas si difficile à croire.

Cassie se demandait si elle était la seule à avoir vu le symbole sur le front de Constance. Ou l'avait-elle imaginé ? Elle savait bien que ce n'était pas le moment de poser la question, tandis que résonnaient toujours les sanglots de Mélanie.

Il était tard lorsque Cassie rentra chez elle, mais sa mère, éveillée, était allongée sur le canapé en chemise de nuit. Elle se releva brusquement à l'instant où Cassie franchit le seuil.

— Tu vas bien ? demanda-t-elle.

— Oui, l'assura Cassie en fermant et en verrouillant la porte derrière elle.

— Comment va Mélanie ?

— On l'a vue mieux.

Cassie s'enveloppa dans sa veste, pour cacher la tunique blanche.

— Et Constance ?

Cassie hésita. Elle remarqua soudain que sa mère avait les yeux fixés sur le bracelet qu'elle portait au poignet gauche.

— Tu es au courant, alors ? À propos du sort de résurrection ?

Elle hocha la tête et fit signe à Cassie de la rejoindre sur le canapé.

— J'ai deviné. Est-ce que ça a marché ?

Au début, Cassie se contenta de faire non de la tête en enlevant son manteau. Mais elle voulait pouvoir tout dire à sa mère, même lui parler du symbole qu'elle avait vu flotter sur le front de Constance. Et pour une fois, elle le fit, sans rien dissimuler pour la protéger.

Celle-ci la surprit : elle l'écouta, très attentivement cette fois. Elle ne changea pas de sujet, elle ne fut pas gagnée par la peur panique qui inquiétait tant Cassie.

Jusqu'à ce qu'elle mentionne la marque qu'elle avait vu apparaître sur le front de Constance.

— Cela ressemblait à un symbole primitif. Un serpent tordu dans un hexagone.

Cassie remarqua l'expression alarmée qui traversa le visage de sa mère.

— Qu'y a-t-il ?

Sa mère secoua la tête.

— Ce n'est pas un serpent. C'est une lettre. Un S.

Cassie ne comprenait pas.

— S, comme sorcière, précisa sa mère.

Cassie retint son souffle. Sa mère ferma les paupières un instant et lorsqu'elle les rouvrit, ses yeux étaient aussi noirs que le charbon.

— Je sais ce qui n'a pas fonctionné dans votre sort, expliqua-t-elle. Lorsqu'une sorcière est tuée selon un rite particulier, on ne peut jamais la faire revivre. Mais seules certaines personnes peuvent accomplir ce genre de chose.

— Qui ? Quel genre de personne ?

— Les chasseurs de sorciers.

9

Les chasseurs de sorciers remontaient aussi loin que les sorciers eux-mêmes. Tout comme Cassie était issue d'une longue lignée de puissants ancêtres, les chasseurs, eux aussi, étaient les descendants de vieilles familles. Voilà ce qu'apprit Cassie de la bouche de sa mère lorsqu'elles descendirent Crowhaven Road en direction de la maison de Mélanie.

Elles marchaient côte à côte, sa mère avec un plat à la main, Cassie avec quelques herbes apaisantes du jardin. Cassie sentait ses cheveux voleter dans la brise salée venue de l'océan, qui gonflait les arbres devant elle. Les oiseaux qui nichaient entre leurs branches se mirent à chanter, une forme de calme l'envahit.

— Ce symbole que tu as vu sur le front de Constance était une marque ancienne que seul un véritable chasseur peut produire. Quelque chose a dû les attirer jusqu'à La Nouvelle-Salem.

Cassie remarqua les tout petits bourgeons de crocus qui pointaient leur tête hors de terre le long du trottoir. *Nous sommes pourchassés, assassinés, pourtant le printemps arrive quand même*, pensa-t-elle.

— Si seulement ce qui les a attirés ici pouvait disparaître, remarqua-t-elle.

La maison de Mélanie était tellement envahie de monde à leur arrivée qu'elles purent à peine franchir la porte. Apparemment, tous ceux qui avaient assisté à la mort de Constance étaient venus présenter leurs derniers hommages à la vieille femme. Le premier visage familier que Cassie aperçut fut celui de Sally Waltman. Que faisait-elle ici ? Était-elle accompagnée de Portia ? Et les frères de Portia, Jordan et Logan étaient-ils là eux aussi ?

Les pires scénarios traversèrent l'esprit de Cassie. Espéraient-ils transformer la veillée funèbre de Constance en fête ? Jordan et Logan étaient des ennemis de longue date du Cercle, que Cassie imaginait parfaitement capables de se réjouir publiquement de la mort d'une sorcière. Mais lorsque Sally croisa son regard et approcha, main tendue, elle comprit que celle-ci était venue seule, avec de bonnes intentions.

— Je suis désolée, pour toi et pour Mélanie, dit-elle.

Sa présence ici semblait la rendre un peu nerveuse. Elle tripotait sa robe et jouait avec ses cheveux rouges.

— Merci, répondit Cassie avec hésitation.

Sally poursuivit, consciente du ton incertain de Cassie.

— Je sais que je n'ai pas ma place ici et que tes amis ne m'apprécient pas, mais Constance me saluait toujours chaleureusement quand je la croisais en ville, c'était quelqu'un de très gentil, alors j'ai eu envie de venir présenter mes hommages.

Sally reprit son souffle, Cassie lui tapota doucement le dos. C'était vrai, le Cercle n'aimait pas beaucoup Sally, et elles deux ne seraient probablement jamais vraiment amies, mais depuis l'automne, quand elles avaient réussi à surmonter leurs différences pour affronter ensemble la tempête créée par Black John, elles se comprenaient. Pour le Cercle, Sally était ce qui ressemblait le plus à une alliée de l'extérieur et ce n'était pas négligeable.

— C'est bien que tu sois là, la rassura Cassie. Vraiment. C'est un geste que Mélanie appréciera, j'en suis certaine.

Cela parut mettre Sally à l'aise. Son petit corps nerveux se détendit.

— En parlant de Mélanie, intervint la mère de Cassie. Nous devrions aller la saluer.

— Bien sûr, dit Sally.

Elles se frayèrent un passage aussi poliment qu'elles le purent dans la foule, et parvinrent enfin à localiser Mélanie.

Le groupe l'entourait, tel un commando d'agents des services secrets entièrement vêtus de noir. La plupart du temps, Cassie oubliait à quel point le Cercle pouvait sembler intimidant et de quelle supériorité ils bénéficiaient par rapport aux autres jeunes de leur âge. Il ne s'agissait pas seulement d'une affaire de génétique, mais surtout de leur attitude. *Franchement*, se demanda Cassie, *ils n'en ont pas marre de tout faire pour paraître invincibles au monde extérieur ?* Parfois, mieux valait montrer un peu de vulnérabilité, et le moment aurait été bien choisi.

Cassie plongea ses yeux dans ceux d'Adam et pendant un instant, elle rêva de pouvoir s'enfuir avec lui, loin de tout ça. Il ignorait encore à quel point la situation était grave. Comme tous ceux du Cercle. Quelle serait leur réaction lorsqu'elle leur raconterait tout ce que sa mère lui avait appris à propos des chasseurs de sorciers ?

Elle s'approcha d'Adam d'abord, juste pour sentir son odeur et se blottir entre ses bras musclés. Puis elle présenta ses condoléances à Mélanie, à qui elle confia ses herbes apaisantes.

Diana donna une petite tape sur l'épaule de Cassie et l'attira brièvement contre elle. Serrer Diana dans ses bras, c'était comme serrer la lumière du soleil, elle avait la même constance : grande, magistrale, on pouvait toujours compter sur elle.

— Comment vas-tu ? murmura-t-elle à l'oreille de Cassie.

Mais avant que celle-ci ait le temps de répondre, l'attention de Diana fut distraite : quelqu'un venait d'entrer.

— Scarlett est là, observa-t-elle.

Il était étonnant de la voir se faufiler ainsi parmi la foule, entièrement vêtue de noir strict, ses cheveux fous retenus en une queue-de-cheval sage.

À mesure qu'elle progressait, on s'écartait pour la laisser passer. *Bizarre*, songea Cassie, puis elle comprit : tous ces inconnus devaient en conclure que Scarlett appartenait au groupe. Elle semblait à sa place, aux côtés de Mélanie et du reste du Cercle, voilà ce que croyaient les gens.

Cependant, lorsqu'elle arriva à hauteur de Cassie et des autres, elle perdit un peu de sa belle assurance.

— Je suis consciente qu'on ne se connaît pas, dit-elle en baissant les yeux. Mais je voulais juste vous dire que je suis désolée.

Diana examina Scarlett de haut en bas de ses yeux vert vif puis déclara d'un ton légèrement artificiel :

— C'est gentil d'être venue.

— Oui, merci, ajouta Mélanie.

Comme Sally, Scarlett n'était pas obligée de se présenter ici, mais elle avait pris la peine de montrer son soutien à Mélanie et au groupe. *Si quelque chose de bon devait sortir de ce drame*, pensa Cassie, *ce serait peut-être de meilleures relations avec ceux de l'extérieur.*

Adam s'avança pour échanger quelques mots avec Scarlett, donnant l'occasion à Cassie d'entraîner Diana dans un coin plus calme.

— Rassemble les autres, lui souffla Cassie. Mélanie aussi. Je sais pourquoi le sort de résurrection n'a pas fonctionné.

Diana écarquilla les yeux. Elle recula pour mieux jauger l'expression sur le visage de son amie et entreprit aussitôt de réunir le groupe.

Le garage de Constance était rempli d'un bric-à-brac, dont tous les objets auraient pu, ou non, être d'authentiques reliques magiques. Deux épées de pierre étaient accrochées au mur, des boîtes à bijoux en bronze et des grimoires poussiéreux reposaient sur des étagères croulantes, des oiseaux multicolores empaillés étaient suspendus au plafond par un fil. Une table à pattes de lion trônait au centre de la pièce, en face d'un canapé vert défoncé.

Mélanie prit place sur celui-ci, mais tous les autres restèrent debout, dispersés entre les piles de cartons. Ils attendirent en silence que Cassie prenne la parole.

Mélanie restait fixée sur elle, penchée en avant, pressée de savoir ce qu'elle avait découvert. Des cernes noirs soulignaient ses yeux d'ordinaire si vifs, toute la vie semblait avoir disparu de ses traits. Cassie craignit soudain que la nouvelle soit plus qu'elle ne pouvait en supporter pour l'instant.

Elle préféra gagner un peu de temps et, pour atténuer le choc, expliqua pas à pas la conversation qu'elle avait eue avec sa mère la veille. Elle prit son courage à deux mains et en vint à la description du symbole aperçu sur le front de Constance avant que le noir s'abatte sur la pièce pendant le sortilège de résurrection.

— Est-ce que l'un d'entre vous l'a vu aussi ? demanda-t-elle.

Tout le monde fit non de la tête.

— Comment peux-tu savoir que ce n'était pas une simple hallucination ? railla Faye. Ou ton imagination débordante ?

— Parce que Cassie a le don de double vue, répliqua Diana. Dis-nous à quoi cela ressemblait exactement.

— Eh bien…

Elle jeta un coup d'œil rapide à Mélanie avant de reprendre la parole.

— … j'ai cru voir un hexagone avec à l'intérieur une sorte de serpent tordu. Mais ma mère a rectifié.

— C'était un S, intervint pensivement Mélanie. Grand-tante Constance a été tuée par un chasseur de sorciers.

Un frisson parcourut la pièce.

— C'est terrible, poursuivit-elle en secouant la tête. J'ai lu des choses à propos de ce symbole.

Adam s'assit à côté de Mélanie.

— Tu crois que ça signifie que quelqu'un, en ville, en a après nous ?

Mélanie opina, trop choquée pour pleurer.

— Oui, et il ne s'agit pas d'amateurs comme la famille Bainbridge, avec ça. Les chasseurs ne sont pas là par hasard. Ce sont les descendants d'un clan ancien.

La mâchoire d'Adam se raidit, ses yeux marine se mirent à luire avec intensité.

— Ça pourrait être n'importe qui.

— Ils pourraient être plusieurs, renchérit Diana.

Laurel s'installa de l'autre côté de Mélanie sur le canapé et lui prit la main.

— Il va falloir être prudents.

— Exactement, dit Adam qui se remit debout et commença à faire les cent pas, manquant de se cogner la tête aux divers volatiles en suspension. Et se serrer les coudes. Plus que jamais. C'est compris ?

Il se figea et scruta chaque membre du groupe individuellement.

Puis son regard s'attarda sur Faye.

Au grand étonnement de Cassie, Faye n'émit aucun commentaire sarcastique cette fois. Elle se contenta d'acquiescer. Mais cette réaction qui ne lui ressemblait pas eut pour effet d'inquiéter Cassie encore davantage. Si même Faye ne jouait pas la pimbêche odieuse, si même Faye avait peur, alors la situation était vraiment grave.

Diana jeta un coup d'œil en direction de la porte. Les gens à l'intérieur de la maison se faisaient de plus en plus bruyants et une voix étouffée appelait Mélanie.

— Il faut que j'y retourne, dit celle-ci.

— Oui, il vaut mieux, confirma Diana. Mélanie, je suis désolée de devoir filer aussi vite, mais je fonce à la maison. Je suis sûre d'avoir vu un sort de protection quelque part dans mon Livre des Ombres. Je vais l'éplucher pour voir ce qu'on peut faire.

— Bonne idée, répondit Mélanie, désormais debout mais qui n'avait pas lâché la main de Laurel.

Avec hésitation, tous quittèrent le garage. Nick étant le dernier à sortir, Cassie l'attrapa par le bras pour lui parler seul à seul. Elle prit la parole avant qu'il ait le temps de protester.

— Je sais que tu évites le groupe à cause de moi, dit-elle. Je te demande d'arrêter.

Nick détourna la tête, mais elle le força à la regarder.

— Écoute-moi. Nous devons rester proches les uns des autres maintenant. Nous courons un grave danger.

Il la contempla de ses yeux acajou comme si elle était un objet qu'il n'arrivait pas à identifier.

— Je ne voudrais pas qu'il t'arrive malheur, ajouta Cassie, désespérée. Je t'en prie.

— Eh bien, merci de t'inquiéter pour moi.

Le ton était tranchant, comme s'il avait voulu la blesser, mais Nick se réfugiait toujours dans le sarcasme quand il commençait à ressentir quelque chose. Autrement dit, elle avait réussi à le toucher, un peu au moins. Elle s'en contenterait pour l'instant.

10

Cassie fut réveillée par le soleil qui se déversait par ses fenêtres. Il faisait beau, mais dans sa chambre, la fraîcheur matinale du mois de mars se doublait d'un vent glacé qui secouait ses carreaux. Elle aurait donné n'importe quoi pour rester sous sa couette bien chaude toute la journée, mais elle savait bien que c'était impossible. Elle se leva donc, enfila son peignoir de bain bleu et s'en alla chercher le journal, dehors. Elle imaginait qu'il y aurait une petite nécrologie de Constance dans la rubrique concernée.

Elle ne trouva pas de journal devant sa porte, mais Adam, blotti sous sa veste, en train de dormir sur la balancelle. Elle le contempla pendant un moment. Comme il avait l'air paisible. Pourtant, il ne devait pas être très à l'aise. Ses longs membres, tout tordus, pendaient à moitié en dehors du siège. Il avait dû passer la nuit là.

Ce garçon m'aime vraiment, pensa Cassie en admirant son corps magnifique tout coincé dans la petite balancelle. *Il m'aime sûrement beaucoup trop.*

Elle vint caresser sa pommette du bout du doigt.

Il lui adressa un sourire ensommeillé et s'étira.

— Qu'est-ce que tu fiches ici ? demanda-t-elle.

Adam observa rapidement son environnement immédiat en massant sa nuque endolorie.

— Je te protège.

— Des chasseurs de sorciers ? s'étrangla-t-elle. Mais enfin, qui t'a protégé toi pendant que tu passais la nuit ici à me protéger ?

— Moi-même, répondit-il avant de se mettre à rire. J'ai dû m'assoupir.

Elle prit son visage entre ses mains.

— Mais qu'est-ce que je vais faire de toi ? dit-elle avant de déposer un baiser doux et chaud sur ses lèvres gercées. Promets-moi que la prochaine fois, au moins, tu viendras dormir sur le canapé du salon.

Il l'embrassa avec fougue, l'enveloppa de ses bras solides et l'attira vers lui. Elle sentait l'odeur de l'océan sur ses vêtements battus par le vent et dans les plis de son cou. Elle y déposa un baiser, s'attendant à sentir le goût du sel, mais le trouva surtout glacé.

— Promis, lui répondit-il en frissonnant.

— Entre donc, que je te réchauffe, tu veux ? lui proposa-t-elle, aguicheuse.

Il répondit d'un battement de cils et la suivit à la hâte à l'intérieur.

— Où est Faye ? demanda Diana.

Personne n'en savait rien. Diana, qui avait trouvé le sort de protection dans son Livre des Ombres, voulait en faire bénéficier le groupe aussi vite que possible. Mais voilà plus d'une heure qu'ils patientaient sur la plage.

— Elle a été en retard à toutes les réunions cette semaine, constata Diana. C'est inacceptable. Suzan, tu peux la rappeler ?

— Elle ne répond pas. Elle est carrément fuyante ces temps-ci.

Sean confirma d'un hochement de tête.

— Hier, on avait prévu un truc avec elle et elle nous a plantés.

S'il s'était agi de n'importe qui d'autre, Cassie aurait été inquiète. Mais elle ne doutait pas que Faye finirait par arriver. En ce qui la concernait, Cassie profitait de ce moment passé sur la plage plutôt qu'au phare. Elle se sentait en sécurité ici, sur cette grande étendue de sable, face au rythme répétitif des vagues et au ciel infini. Elle avait envie de savourer chaque seconde qu'il leur restait avant que les touristes n'envahissent le coin. Elle les imaginait déjà, dans une vision de cauchemar : sièges pliables à perte de vue, bronzeurs mal élevés et surfeurs arrogants, cannettes de soda éparpillées et enfants hurlants. Elle préférait de loin une plage froide et abandonnée à sa version ensoleillée et bondée.

Elle pensa alors à Scarlett et songea qu'il pourrait être sympa de l'inviter pour une soirée sur la plage cette semaine. Quelques marshmallows grillés autour d'un feu de camp, pourquoi pas ? Ce serait une bonne manière d'oublier un peu l'angoisse liée au Cercle.

Sur ce, Faye fit son apparition, la tirant de ses rêveries.

— Je suis en retard ? Pardon.

— Où étais-tu ? demanda Diana.

— Crois-moi, tu préfères ne pas le savoir.

Diana ignora son commentaire.

— Nous devons commencer le sort de protection avant le coucher du soleil.

Cassie tenta d'assumer son rôle de leader tandis que le groupe formait une large ronde. Diana, quant à elle, s'agenouilla devant une gamelle en pierre dans laquelle elle prépara une mixture noire et huileuse.

— Dans ce chaudron, j'ai mis de l'eau salée de l'océan, ainsi que de l'huile de myrtille et de l'eucalyptus.

Elle se tourna vers Faye et Cassie.

— Vous pouvez tracer le cercle autour de moi avec l'athamé, toutes les deux ?

Faye dégaina la dague d'argent cachée sous sa jupe noire et ample, fixée à l'intérieur de sa cuisse. Ses yeux se plissèrent, comme toujours lorsqu'elle tenait un objet coupant.

— Donne-moi ta main, ordonna-t-elle à Cassie.

Elle appliqua les doigts minces de Cassie autour du manche en nacre, puis les recouvrit des siens. Ensemble, comme si elles ne faisaient qu'un, elles dessinèrent le cercle dans le sable.

Tous les membres du groupe se placèrent à l'intérieur tandis que Mélanie disposait deux bougies de chaque côté du chaudron.

— Ici je dépose deux chandelles, annonça Mélanie ainsi que l'imposait la cérémonie. L'une bleue, pour la protection physique, l'autre violette pour le pouvoir et la sagesse.

Tout en les allumant, elle récita une incantation tirée du Livre des Ombres de Diana.

— Divine Déesse, Dieu Divin, si le mal vit céans, fais-le disparaître maintenant.

Puis elle posa le livre sur le sol, à côté de Diana et prit place près de Laurel.

Diana se plaça au centre, son chaudron à la main.

— Pour que cela fonctionne, il faut que vous imaginiez tous une lumière blanche autour de vous, dit-elle. Qu'elle forme un halo tout autour de votre corps pendant que je récite l'incantation.

Tout le monde acquiesça et ferma les yeux. Diana éleva le chaudron bien haut vers le ciel et dit :

— Par le pouvoir de la Source, jamais le mal n'entrera ici.

Cassie, à son tour, ferma les paupières et se figura un châle immaculé et lumineux qui l'envelopperait comme un manteau d'hiver bien chaud. La voix de Diana baissa d'une octave et l'incantation s'échappa de sa gorge comme le tonnerre.

Chasseurs occultes de la nuit
Chasseurs occultes du jour
Cessez de détruire mon ouvrage
Cessez de détruire mon héritage.

Il s'ensuivit quelques secondes de calme, que seuls vinrent déranger les rafales de vent et le déferlement des vagues. Puis Cassie entendit résonner le chaudron, telle une cloche, car Diana était en train de remuer sa préparation.

Celle-ci poursuivit :

De cette potion, je vais oindre ce cercle,
Pour qu'il soit protégé,
Par la magie, préservé.

Cassie ouvrit les yeux et la regarda déposer son pouce sur son propre front et y laisser une trace de la mixture bleu nuit. Ensuite, elle fit la même chose sur le front de Faye, de Cassie et de tous les autres.

Lorsqu'elle eut terminé, Diana demanda à ses coleaders de la rejoindre au centre. Toutes trois, main dans la main, entourèrent le chaudron et les bougies, les yeux fermés. Cassie se représentait le halo blanc, non plus seulement autour d'elle, mais autour de tout le groupe désormais. Elle imaginait une bulle au-dessus d'eux, comme un gros ballon rempli à l'hélium qui les emmènerait en sécurité au firmament de ce ciel sans nuages.

Diana conclut son sort.

Par le pouvoir de cet océan, si large, si profond.
Par le pouvoir du jour, de la nuit, des éléments réunis,
Telle est notre volonté, qu'il en soit ainsi !

Petit à petit, tous ouvrirent les yeux.

— Ça a marché ? s'interrogea Sean en portant la main à son front taché de bleu.

— Combien de temps doit-on garder ce machin sur la figure ? enchaîna Suzan. Ça doit sûrement donner des boutons.

— Nous pourrons rincer ça dans l'océan dans un petit moment, la rassura Diana.

— Alors, c'est tout ? demanda Faye en récupérant l'athamé sur le sable et en le rengainant sous sa jupe. Nous sommes invincibles maintenant ? Pourquoi n'avons-nous pas fait ça plus tôt ?

— Il y a certaines conditions, expliqua Diana.

— Quelles *conditions ?* répliqua Faye en raillant ce ton très mesuré, très guindé.

La moquerie de Faye ne semblait pas déranger Diana ; après tout, elle était habituée.

— Nous serons protégés contre toutes les blessures, précisa-t-elle. Mais le charme ne fonctionne que sur l'île de La Nouvelle-Salem. Si nous nous aventurons au-delà, nous sommes vulnérables.

— Autrement dit, personne ne quitte l'île, dit Adam. En aucune circonstance.

Il jeta un coup d'œil à Nick, à qui il arrivait de disparaître pendant des jours, mais celui-ci l'ignora.

Diana creusa un trou profond dans le sable pour se débarrasser du reste de la potion.

— Ça ne signifie pas pour autant que les chasseurs ne peuvent pas nous trouver. Tout le monde doit se montrer extrêmement prudent. Nous devons faire le maximum pour éviter de nous faire repérer.

Elle se releva, frotta ses mains pour en ôter le sable et regarda Faye droit dans les yeux.

— Nous ne pouvons absolument plus nous servir de nos pouvoirs magiques. Les chasseurs vont être à l'affût de tout ce qui sort de l'ordinaire pour découvrir notre identité.

— Quoi ?

Faye avança vers Diana comme si elle était sur le point de la plaquer au sol.

— Notre magie, c'est tout ce qu'on a. Comment allons-nous réussir à les neutraliser sans ça ?

Diana redressa ses frêles épaules et lui renvoya un regard tout aussi féroce.

— Nous allons les trouver avant qu'ils nous trouvent, dit-elle. Voilà comment nous les vaincrons.

— Faye, s'interposa Mélanie. C'est des meurtriers de ma tante dont nous parlons. Tu vas mettre la magie entre parenthèses, sans quoi tu mets en danger le groupe tout entier. Et ça c'est hors de question.

Mélanie, qui avait un tempérament calme et n'avait jamais menacé personne de sa vie, se tenait devant Faye, qu'elle dépassait de quelques centimètres, prête à en découdre.

Adam se plaça entre elles avant que la situation ne dégénère.

— On respire un grand coup et on reste tranquilles, suggéra-t-il. Nous ne pouvons pas nous permettre de nous battre entre nous en ce moment.

— Non, protesta Mélanie en écartant sa main pacifique. Voilà ce que nous ne pouvons pas nous permettre : que Faye ne suive pas la règle du Cercle alors que notre vie est en jeu.

— Je t'en prie, Faye.

Adam la suppliait presque de coopérer.

— Pas de magie tant que nous n'avons pas identifié les chasseurs. D'accord ?

— Bien. Ce que vous pouvez être chiants, alors.

Faye voulut s'éloigner en direction de l'océan.

— Ce n'est pas tout, lança Diana. Nous devons aussi nous montrer vigilants vis-à-vis de ceux de l'extérieur qui tenteraient de trop se rapprocher de nous. Et de tous les nouveaux en général.

Elle adressa un coup d'œil rapide à Cassie. Elle ne désigna pas nommément Scarlett, c'était inutile. Puis elle se tourna vers Faye.

— En clair, il faut que tu lâches Max.

Suzan ricana.

— Comment pourrait-elle le lâcher, il refuse qu'elle le touche.

Faye parut perdre d'un coup toute sa superbe. Visiblement, ça l'embêtait que Max ne soit pas tombé sous son charme, contrairement à tous les autres garçons de l'école.

— C'est tout, oui ? demanda-t-elle à Diana.

Celle-ci opina.

— Pour l'instant.

Faye se dirigea vers les vagues pour rincer son front. Sa jupe noire et ses cheveux de jais volaient derrière elle comme une ombre.

Le lendemain en arrivant au lycée, Faye se gara sur une place libre à côté de Cassie et Adam.

— Diana est déjà là ? s'enquit-elle avant même d'être sortie de voiture.

— Pas encore, répondit Adam. Qu'est-ce qui ne va pas ?

Faye observa le parking d'un air anxieux : Sally et Portia récupéraient leurs pompons et leurs livres, quelques joueurs de hockey s'entraînaient, Suzan, assise sur le capot de sa Corolla, appliquait son mascara.

— Je n'arrive pas à gérer sans la magie, avoua Faye. J'ai dû attendre que l'eau bouille ce matin. Vous y croyez, ça ? Huit minutes. Comme si je n'avais rien de mieux à faire de mon temps.

— Je te comprends, Faye, intervint Suzan derrière son miroir de poche. Je me sens tellement ordinaire, tellement banale. C'est déshumanisant.

— En plus de ça, tu as une tache sur ton tee-shirt, remarqua Faye.

— Je sais.

Elle gratta un peu son col.

— Comment font les gens normaux pour se débarrasser du ketchup sur les vêtements ?

Diana immobilisa sa Volvo à côté de Faye et ouvrit très vite sa portière. Elle était moins apprêtée que d'habitude. Ses cheveux partaient dans tous les sens, sa veste pendait, de travers. Elle avait dans une main une tasse de café, dans l'autre un bagel, qu'elle enfourna dans sa bouche pour prendre ses livres posés sur le siège arrière.

— Ah, vous voyez, même Diana est en piteux état, souligna Faye. Nous ne pouvons pas vivre comme ça.

Jusqu'à cet instant, Cassie n'avait pas pris conscience à quel point ses amis se servaient de la magie dans leur vie de tous les jours.

Adam aida Diana avec ses affaires.

— Ça n'est facile pour personne, dit-il. Mais il faut nous y tenir. C'est temporaire.

Le reste du groupe arriva petit à petit. Était-ce psychologique ? En tout cas, Cassie remarqua qu'ils semblaient tous un peu chiffonnés – sauf Deborah qui fit son apparition sur sa moto en réalisant une roue arrière. Les voitures et les piétons s'écartèrent sur son passage jusqu'à ce qu'elle repose sa roue avant sur le sol, s'arrête dans un dérapage et coupe le moteur.

— Où est ton casque ? demanda Diana, une fois que Deborah eut rejoint le groupe.

Cette dernière leva les yeux au ciel.

— Je ne vais pas me décoiffer en mettant mon casque alors que je suis invincible.

— Tu es peut-être invincible, rétorqua Diana, mais tu risques toujours de renverser des gens par accident.

— Alors ce sont peut-être eux qui devraient porter des casques, avança Faye, qui s'attira un coup d'œil mauvais de Diana.

— S'il te plaît, n'abuse pas du sort de protection, insista cette dernière. Ce n'est pas une excuse pour être irresponsable.

— C'est à moi que tu parles ?

Deborah ôta un gant en cuir, puis l'autre, et désigna le ciel.

— Et eux alors ?

Cassie remarqua que tout le monde sur le parking s'était figé et tourné vers quelque chose situé en hauteur. Elle suivit le regard collectif, tout comme Diana, et elles découvrirent Chris et Doug sur le toit du bâtiment.

Quelqu'un hurla :

— Qu'est-ce qu'ils font là-haut ? Ils sont cinglés !

— Je crois qu'ils se battent en duel, répondit un autre.

Diana dut détourner le regard.

— Dites-moi qu'ils n'ont pas apporté de véritables épées à l'école.

— Techniquement ils ne sont pas dans l'enceinte, argumenta Sean. Ils sont au-dessus.

Chris et Doug se combattaient avec ardeur, s'évitaient avec de grands gestes, esquivaient et sautillaient. La foule retint son souffle lorsque Doug reçut un coup à l'épaule. Il lâcha un cri, se laissa tomber sur le sol et du faux sang se mit à gicler du toit à la manière d'un arroseur. Leurs camarades poussèrent un hurlement, mais Doug rebondit sur ses pieds, un bras caché dans sa manche, et reprit l'affrontement.

— Là, ils exagèrent, jugea Adam.

Cassie scruta les spectateurs, en se demandant si quelqu'un parmi eux remarquait que Chris et Doug ne ressentaient pas les lames tranchantes de leurs armes. Mais tout le monde était tellement habitué aux sketches délirants des jumeaux qu'aucun spectateur ne parut s'en étonner.

Même Max était amusé par leur performance. Il était en compagnie de ses amis du hockey, et de l'essaim de jolies filles qui papillonnaient autour de lui à toute heure du jour. Même ses groupies avaient, pour le moment, les yeux tournés vers le toit.

Doug balafra la poitrine de Chris, entaillant sa chemise en diagonale. Elle flotta dans le vent comme un drapeau.

— Tant pis pour toi, frérot, lança Chris. C'était la tienne.

Une vague de rire parcourut la foule. Max secoua la tête, s'écarta de sa bande et vint trouver Diana.

— Il faudrait que quelqu'un les arrête, dit-il. Avant qu'ils terminent complètement nus.

Cassie observa les admiratrices de Max, qui soupirèrent ostensiblement en le voyant discuter avec Diana. Visiblement, elles la considéraient comme une concurrente sérieuse.

— Mais moi, je ne peux pas intervenir, lui glissa ensuite Max. Tu ne connaîtrais pas un tour de magie ?

Diana se figea une seconde, mais il était évident, pour Cassie, que Max ne mettait dans sa phrase aucun sous-entendu. Il avait les yeux rivés sur ceux de Diana.

— Tous les mecs de l'école doivent t'obéir au doigt et à l'œil, supposa-t-il. Alors s'il y en a bien une qui peut les faire descendre, c'est toi, j'imagine.

Diana expira longuement et lâcha un petit rire. Gênée, elle se mit à lisser ses cheveux, qui restèrent quand même magnifiquement ébouriffés.

— Si seulement, fit-elle.

— Moi, je peux, proposa Faye, mais Max l'ignora.

— Le problème, c'est que si mon père les surprend là-haut, je ne sais pas ce qui va leur arriver, reprit-il. Les jeunes qui amènent des armes à l'école, ce n'est pas trop son truc.

— On peut le comprendre, répondit Diana en hochant la tête.

Mais avant qu'elle ne se tourne à nouveau vers Chris et Doug, Nick apparut à son tour sur le toit, derrière eux.

— Le spectacle est terminé, lança-t-il, en se dirigeant vers eux, avec l'air de vouloir leur tordre le cou.

Chris et Doug échangèrent un regard, laissèrent tomber leurs armes. Ils levèrent les mains en signe de reddition et reculèrent. Ils se rapprochaient de plus en plus du bord. La foule se tut. Il devait y avoir six mètres jusqu'au sol.

Nick, qui comprit ce qu'ils avaient en tête, s'immobilisa.

— Ça suffit, dit-il. Vous vous êtes bien amusés. Maintenant, vous allez descendre calmement.

Après un coup d'œil vers la foule en contrebas, Chris et Doug s'attrapèrent par la main.

— Jamais ! crièrent-ils en sautant dans le vide pour atterrir sur une grosse poubelle.

Les gens, une main sur la bouche, détournèrent le regard. Même Max grimaça en orientant subtilement son visage vers Diana. Mais les jumeaux se posèrent en douceur, dans une pirouette synchronisée. Sans une égratignure, ils bondirent au sol et saluèrent.

11

Cassie faisait quelques courses en ville lorsque, en passant devant le café Le Repaire des Sorcières, un riche arôme vint lui chatouiller les narines. *Un café*, pensa-t-elle. Quelle bonne idée. Le Repaire des Sorcières était une pure idée marketing pour surfer sur le procès pour sorcellerie qui avait tant marqué l'histoire de Salem. Le soir, sous les stroboscopes et les fausses toiles d'araignée en coton blanc, on se pressait autour de cocktails aux dénominations gothiques et aux tarifs exorbitants. Les gens du coin, et les amis de Cassie en particulier, évitaient cet endroit pour des raisons évidentes. Mais, à la lumière du jour, Le Repaire pouvait presque passer pour un café ordinaire, et ils venaient tout juste d'installer leur terrasse. Cassie, songeant qu'il pourrait être agréable de boire son café au soleil, se chercha une place.

C'est alors qu'elle remarqua une tignasse rouge familière : Scarlett. Penchée sur un livre, elle mâchonnait son crayon d'un air pensif. Instinctivement, Cassie eut envie d'aller s'asseoir avec elle, mais elle se souvint soudain de la nouvelle règle. Pour l'instant, il fallait fuir ceux de l'extérieur.

Ce n'était pas juste. Le Cercle n'aurait pas dû avoir son mot à dire quant aux personnes avec qui prendre un café. Cependant, même Faye avait consenti à abandonner une part de sa liberté individuelle pour le bien du groupe. Sans compter que Cassie était attendue au phare, de toute manière. Puisque la magie leur était interdite, Mélanie et Laurel se concentraient sur l'herboristerie pour passer le temps. Elles avaient demandé à Cassie de leur apporter les fleurs d'une plante rare de son jardin : la sabatie de Kennedy. Elle tâta dans son fourre-tout le sachet en papier qui contenait lesdites fleurs, comme pour se persuader de l'importance de sa mission. Elle était sur le point de s'en aller quand Scarlett l'aperçut.

— Cassie ?

Le visage de Scarlett s'éclaira aussitôt.

— Je suis contente de te voir. Viens t'asseoir avec moi.

— Je ne peux pas, répondit Cassie en balayant du regard les alentours. Je n'ai qu'une minute.

— Assieds-toi rien qu'une minute, alors.

Scarlett referma son livre et le mit de côté.

Elle paraissait si seule, là, à sa table. Il aurait été cruel de refuser.

— Qu'est-ce que tu fais de beau aujourd'hui ? demanda Cassie pour faire la conversation.

Scarlett leva les mains, jeta un coup d'œil à gauche, puis à droite.

— Ça. Autrement dit, pas grand-chose.

Cassie émit un rire poli.

— Encore merci d'être venue chez Mélanie l'autre jour. Désolée, je t'ai un peu perdue de vue, après, et je ne t'ai pas dit au revoir.

Les yeux sombres de Scarlett brillèrent avec affection.

— Ne t'en fais pas.

Elle but une grande gorgée de son café frappé et parut hésiter ou essayer de comprendre quelque chose.

Scarlett observait Cassie avec une telle intensité qu'elle aurait sûrement pu compter tous les pores de sa peau ou ses cils jusqu'au dernier, mais ça ne dérangeait pas Cassie. Pour une raison ou une autre, elle n'en était pas gênée. Elle ne savait pas trop pourquoi, mais elle avait envie que Scarlett la connaisse et la voie telle qu'elle était.

Au bout d'un moment, Scarlett reprit la parole.

— J'aime vraiment beaucoup tes amis. Et puisque je ne connais personne sur l'île, j'espérais faire bonne impression.

C'était le moment où, si Cassie avait été une fille normale, qui n'ait pas à se conformer aux règles du Cercle, elle aurait dû proposer à Scarlett de se joindre à eux. Au lieu de quoi, elle la consola d'une phrase lamentable :

— Il n'y a pas si longtemps, j'étais la nouvelle, moi aussi. Je sais que ça peut être très compliqué de se faire des amis dans cette ville.

Les belles lèvres rouges de Scarlett se fendirent d'un large sourire.

— C'est d'ailleurs pour ça que je vais te faire culpabiliser jusqu'à ce qu'on soit amies toutes les deux.

Cassie éclata de rire. Elle aimait cette simplicité. Scarlett était tout à fait le genre de fille pleine de bon sens avec qui elle aurait sympathisé, du temps où elle vivait en Californie.

— Par exemple, reprit Scarlett. Je vais devoir te rappeler que je suis arrivée ici équipée d'une unique et pathétique valise pour te convaincre de m'accompagner en virée shopping.

Cassie se souvint du commentaire railleur de Diana concernant ce maigre bagage et en fut à nouveau embarrassée. Elle jeta un coup d'œil à sa montre. Il lui restait deux heures avant son rendez-vous au phare. Quel mal pouvait-il y avoir à faire une ou deux boutiques d'ici là ?

— Heureusement pour toi, le shopping est une de mes activités préférées, répondit Cassie.

— Ce qui signifie que tu es d'accord ?

— Pourquoi pas ? Mes courses peuvent attendre.

Scarlett se leva d'un bond.

— Voilà qui a marché encore mieux que je ne l'aurais cru.

Un tour en ville en compagnie de Scarlett contribua de manière idéale à faire oublier ses ennuis à Cassie. Puisqu'elle ne pouvait rien évoquer de ce qui avait trait au Cercle, il fallait donc qu'elle le laisse complètement de côté. C'était comme devenir une autre pendant quelques heures, une personne avec des préoccupations normales. Du genre : *Quarante dollars le débardeur c'est trop cher, même s'il est super doux ?* Et Scarlett était une shoppeuse de première catégorie : elle repérait la plus belle pièce sur le portant avec une rapidité et un instinct que même une sorcière se devait d'admirer. Elle réussit à persuader Cassie d'acheter une paire de boucles d'oreilles à plumes bleu turquoise.

— Elles sont plus ton style que le mien, jugea Cassie après cet achat impulsif.

— On peut se les partager, déclara Scarlett avec un grand sourire. D'ailleurs, on peut partager presque tout ce qu'on a acheté. C'est ça qui est bien, quand on fait la même taille.

Cassie approuva et suggéra ensuite qu'elles déposent leurs sacs dans le coffre de sa voiture avant de partir en quête des sandales idéales. Elles glissaient si facilement vers l'amitié que Cassie en oublia qu'elle était censée garder ses distances. Aussi la vision de Diana sortant de sa Volvo à l'autre bout du parking ne l'inquiéta pas immédiatement. La panique ne la gagna que lorsqu'elle croisa son regard : elle y lut d'abord la joie de la rencontre inattendue, suivie d'une douloureuse contrariété. Cassie était prise en flagrant délit : elle avait bafoué une promesse faite au Cercle.

Diana se rapprocha d'elles progressivement. Son bonjour semblait plus une manière de les snober que de les saluer.

— Je vois que vous vous êtes bien amusées, toutes les deux, commenta-t-elle en désignant leurs achats.

Scarlett, sentant la froideur dans sa voix, répondit d'un sourire poli sans rien dire.

— J'ai croisé Scarlett par hasard, expliqua Cassie.

Diana eut un regard moqueur.

— Eh bien, le hasard nous joue des tours aujourd'hui.

Cassie se mordit la lèvre, mais garda le silence.

Scarlett, gênée, intervint :

— Je ferais mieux d'y aller.

— Non, dit Diana. Je vous laisse.

Elle les contourna pour se diriger vers l'entrée du centre commercial.

— Je te verrai plus tard, Cassie.

— Cette fille ne m'aime vraiment pas, constata Scarlett une fois que Diana fut hors de portée.

Cassie ne savait pas trop comment défendre le comportement de son amie. Ce n'est pas comme si Scarlett pouvait comprendre.

— Ça n'a rien à voir avec toi, précisa-t-elle. Crois-moi. Mais je suis désolée quand même.

Scarlett haussa les épaules.

— Je te pardonne si tu te joins à moi pour dîner.

Cassie était partagée. Elle savait qu'elle aurait mieux fait de laisser Scarlett sur-le-champ et de rattraper Diana pour limiter les dégâts, mais elles avaient passé un bon moment ensemble et elle n'avait pas envie de blesser Scarlett en l'abandonnant maintenant.

— Que dis-tu d'un burger au Buffalo House ? suggéra Scarlett. Je t'invite.

— Vraiment, je ne devrais pas.

Cassie porta la main au sachet de fleurs dans son sac, jeta un coup d'œil à sa montre. Pourtant, un cheeseburger au bacon, ça semblait le rêve, à cette heure. Il fallait bien se nourrir, non ?

— D'accord, dit-elle enfin. Mais accompagne-moi, j'ai une course à faire. Un truc que j'avais promis à une copine. On ira dîner après.

Scarlett afficha un sourire ravi.

— Parfait.

Bien sûr, le Cercle n'aurait pas approuvé que Cassie emmène Scarlett, mais elle se montra prudente. Et Scarlett ne posa aucune question, même quand Cassie insista pour qu'elle reste dans la voiture alors qu'elle fonçait en direction du phare abandonné, un sac en papier sous le bras. Et puisque Mélanie et Laurel n'étaient pas encore arrivées, elle n'eut qu'à le déposer sur la table et à ressortir. Après ça, Scarlett et elle étaient libres de se précipiter au Buffalo House pour manger leur burger.

Plus tard, Adam vint chez Cassie pour une soirée DVD pop-corn dans l'intimité. Sa mère était à l'étage pour leur laisser le salon, où ils étaient confortablement installés sur le canapé moelleux. Cassie s'enfonça dans le coussin, la tête sur l'épaule d'Adam. Son odeur était pour elle enivrante au sens le plus strict. Ils ne regardaient pas vraiment le film – du moins, pas Cassie. Les yeux fermés, elle était concentrée sur les douces caresses d'Adam, le glissement de ses doigts à l'intérieur de son bras, du poignet jusqu'au coude, puis en sens inverse. Elle aurait pu rester ainsi toute la nuit, le film n'était qu'un bruit de fond. Soudain, Adam se retourna pour voir si elle était réveillée.

— Tu dors, dit-il.

Elle ouvrit les yeux.

— Je ne dors pas, je savoure.

Les yeux d'Adam se firent sérieux, Cassie était certaine qu'il allait l'embrasser. En général, c'était comme ça que se terminait leur film. Mais cette fois, au lieu de se pencher vers elle, il coupa le DVD et se rassit bien droit.

— Il y a une chose dont je voulais te parler, commença-t-il.

Elle se redressa à son tour et colla ses genoux à sa poitrine. Elle n'imaginait pas du tout ce qui allait sortir de sa bouche. Un million de possibilités, toutes pires les unes que les autres, se succédèrent dans son esprit.

— Diana m'a raconté qu'elle t'avait vue en ville cet après-midi. Avec Scarlett.

Elle se raidit.

— Oh.

— Elle trouve que ton amitié avec cette fille va trop loin.

— Eh bien, merci de m'informer de ce que pense Diana.

Cette remarque fit hausser le ton à Adam, ce qu'il ne faisait jamais lorsqu'il s'adressait à Cassie.

— Je ne devrais pas avoir besoin de souligner les risques que tu cours en passant autant de temps avec une fille de l'extérieur. Tu nous mets tous en danger.

— Tu es vraiment convaincu par ce que tu dis ou tu répètes juste ce que croit Diana ?

Adam recula d'un bond, comme si elle venait de le frapper.

— Qu'est-ce que ça veut dire ?

— Pourquoi tu prends le parti de Diana ? Alors que d'habitude tu prends toujours la défense de ceux de l'extérieur ?

— Cassie, qu'est-ce qui se passe ? Viens par ici.

Il essaya de l'attirer vers lui, mais elle s'écarta.

Elle était consciente d'exagérer – c'était Adam, tout de même, celui-là même qui avait passé la nuit dehors devant sa porte pour la protéger. Il était proche de Diana depuis toujours, il était normal qu'elle lui demande des conseils. Pourtant, Cassie refusa qu'il la touche.

— Je ne suis du côté de personne, expliqua-t-il. Nous ne sommes pas dans des circonstances normales. Tu le sais.

Mais tout ce qu'entendait Cassie pour l'instant, c'était les phrases de Diana dans la bouche d'Adam, et elle ne pouvait s'empêcher d'en souffrir un peu.

— Je sens de tout mon corps que Scarlett ne me menace pas, dit-elle.

Il parut vouloir tendre la main vers elle, puis se ravisa.

— Je veux juste que tu sois prudente, souffla-t-il. Je suis toujours de ton côté. Tu le sais bien.

Il approcha prudemment.

— Excuse-moi de m'être emporté. Mais je m'inquiète beaucoup. Nous n'avons aucun moyen de nous assurer que Scarlett n'est pas une chasseuse de sorciers. Elle est arrivée en ville le soir même de la mort de Constance.

— Tu es ridicule.

— Non, c'est toi qui es ridicule. Et bornée.

Cassie inspira un grand coup et fit de son mieux pour se calmer.

— Laissons tomber, tu veux bien ?

Mais Adam n'y était pas décidé.

— Je sais que tu aimes beaucoup Scarlett. Et je comprends, c'est vrai. Elle a l'air sympa, marrante, c'est une jolie fille. Elle nous plaît à tous, mais ce n'est pas le moment de baisser la garde.

— Ça n'est jamais le moment, dans notre cas.

— Tu dis ça comme si tu ne voulais pas faire partie du Cercle, comme si c'était une sorte de malédiction.

— Finissons le film.

— Cassie, regarde-moi.

— Je ne traînerai plus avec elle, d'accord ? Je l'ai croisée par hasard, mais je suis sûre que Diana n'a pas mentionné ce détail.

Elle ralluma la télé. Elle garda les yeux droit devant elle et resta assise aussi loin d'Adam que le permettait le canapé. Elle avait assez parlé pour aujourd'hui.

12

Le lendemain Cassie fit une grasse matinée qui se termina dans l'après-midi, ce qui ne lui ressemblait pas. D'ordinaire, elle se levait tôt, qu'elle en ait envie ou non. Mais elle devait en avoir besoin car elle s'éveilla avec un sentiment de bien-être et la tête plus claire que la veille. Sa dispute avec Adam l'avait perturbée et bouleversée, mais aujourd'hui était un jour nouveau. Le temps était magnifique, il n'y avait pas un nuage.

Après avoir revêtu son jean le plus confortable, son sweat-shirt bleu préféré, elle décida de sortir se promener. Elle n'était pas encore prête à parler à Adam, ni à personne d'ailleurs, mais avec un peu de chance, en se baladant, les mots finiraient par lui venir et elle rentrerait à la maison en sachant quoi dire pour tout arranger. Elle avait avant tout besoin de mieux comprendre ses propres sentiments. Elle n'était pas du genre jalouse, elle ne voulait pas l'être. Cependant, elle ne pouvait non plus ignorer ce qui la chagrinait à propos d'Adam et Diana. Elle leur devait bien ça à eux, comme à elle-même, à dire vrai. Elle savait qu'ils avaient un passé ensemble qu'elle ne pourrait jamais concurrencer.

Cassie serra les lacets de ses tennis et sortit par-derrière. Elle arpenta le labyrinthe du jardin de simples de sa grand-mère puis traversa la prairie ondulante qui l'entourait. Elle évita quelques tas de feuilles détrempées et suivit le chemin sablonneux qui menait à la falaise.

Là, elle trouva Nick, au bord de l'eau. Il avait ôté sa veste en jean, qui était posée à côté de lui. Le vent du large soufflait dans son tee-shirt blanc, comme s'il volait. Il écartait les mèches brunes de son visage grave. Regarder Nick à son insu, quand il n'était pas sur ses gardes, c'était comme entendre un secret. Cassie eut l'impression d'être un témoin privilégié, et s'en sentit un peu coupable.

Elle qui avait tant souhaité la solitude eut soudain très envie de passer ce moment avec Nick. Pas de manière romantique, bien sûr. Elle aimait Adam, mais cela ne signifiait pas qu'elle ne pouvait pas être amie avec Nick. Elle s'approcha de lui, en se préparant tout du long à ce qu'il l'envoie promener. Mais elle avait le sentiment qu'il lui fallait tenter le coup, au moins. Aussi sombre, maussade et imprévisible fût-il, voire impoli parfois, Nick n'en était pas moins doté d'un esprit solide, un esprit pur tel le cœur cristallin d'une roche dure. Cassie l'avait entraperçu, et elle était bien décidée à percer cette carapace pour l'atteindre à nouveau. Son amitié lui manquait – cela dit, elle savait bien qu'elle se montrait trop insistante, cela faisait si peu de temps qu'ils avaient rompu.

— Salut, lui lança-t-elle à quelques mètres de lui, pour ne pas le faire sursauter.

Il se tourna lentement, pas étonné de la voir, presque comme s'il l'attendait.

— Salut.

Cela suffit pour qu'elle se sente invitée à se joindre à lui.

— Comment ça va ? demanda-t-elle.

— Bien, et toi ?

— Pas mal.

Certes, ce fut maladroit, mais à force de persévérer, petit à petit, ils en vinrent à reprendre leurs vieilles habitudes. Nick la taquina, en faisant mine d'être cruel et Cassie encaissa les piques en riant trop fort. Elle avait longtemps attendu de retrouver ce genre de relation avec lui et ne voulait rien gâcher, mais il y avait un doute dont elle n'arrivait pas à se débarrasser.

— Je peux te poser une question ? tenta-t-elle au bout d'un moment.

Nick opina, mâchoire serrée.

— Demande-moi ce que tu veux, mais ce n'est pas sûr que je te répondrai.

Elle sourit.

— Est-ce que tu es venu ici dans l'espoir de me voir ?

— Tu te prends vraiment pour le nombril du monde !

Nick éclata de rire.

— Ça veut dire oui ?

Il cessa de rire et se contenta de sourire. Il était tellement avare de ses grands sourires qu'elle avait oublié à quel point ils étaient beaux et lumineux. Leur rareté les rendait encore plus précieux.

— Peut-être que l'idée de te trouver là m'a vaguement traversé l'esprit, avoua-t-il. Ça m'a manqué, notre relation.

Enfin. Ça, c'était Nick tel qu'elle le connaissait.

— Moi aussi, répondit-elle.

— À mon tour, maintenant, de te poser une question, enchaîna-t-il avec son sourire de mauvais garçon. Est-ce qu'Adam t'énerve déjà ?

— Nick !

— Oui. J'en suis sûr. N'essaye pas de le nier.

— Sans commentaire, répondit-elle en riant.

Puis elle ajouta :

— Disons que je ne suis pas encore tout à fait habituée à sa…

— Possessivité ?

— … générosité, le gronda-t-elle. Maintenant, sois sympa, ça suffit.

Soudain, Nick paraissait comme plus léger, plus heureux. Peut-être avait-il seulement besoin de s'en prendre à Adam pour se sentir mieux.

Cassie laissa son regard se promener sur l'océan.

— Je promets que tout va revenir à la normale, dit-elle. Pour toi et moi. Pour nous tous.

Mais à l'instant où ces mots franchirent ses lèvres, des nuages noirs – de ceux, menaçants et sinistres, qui au cinéma symbolisent souvent l'apocalypse – se formèrent au-dessus d'eux, bien trop rapidement pour que ce fût naturel. Nick attrapa Cassie par la main et ils s'éloignèrent du rivage avec précaution.

— Que se passe-t-il ? demanda-t-elle. C'est une tornade ? D'ailleurs, est-ce qu'il y a des tornades par ici ?

— J'ignore ce que c'est.

Nick scruta les environs, en quête d'un abri sûr.

— Mais il faut qu'on se tire d'ici. Tous ces arbres, ce n'est pas bon. On va essayer de courir jusque chez toi.

Ils s'élancèrent, cependant ils n'avaient progressé que de quelques foulées lorsque des éclairs furieux se mirent à éclater un peu partout, comme s'ils étaient dirigés contre eux précisément.

— Ne t'arrête pas, hurla Nick. Et couvre ta tête.

Une pluie glaciale s'abattit alors, aussi piquante que s'il s'était agi d'un déluge de pointes de flèches. Le ciel était totalement noir, sillonné seulement par les éclairs qui, à chacune de leurs apparitions, illuminaient les arbres agités par le vent déchaîné. Des bourrasques de sable et de déchets s'élevèrent du sol. Cassie s'efforçait de garder les yeux assez fermés pour éviter les débris, mais suffisamment ouverts pour suivre Nick.

— Nous n'allons jamais y arriver, cria-t-elle, hors d'haleine. Nous devrions tenter un sort pour l'arrêter.

— Non ! répliqua Nick. Pas de magie. Cours.

L'alternance des éclairs et des coups de tonnerre rappelait à Cassie des feux d'artifice.

— C'est eux, non ? l'interpella-t-elle. Les chasseurs.

Il se figea un instant, elle l'imita, en profita pour reprendre son souffle. Le cou large de Nick vibrait, sa poitrine se soulevait.

— Je pense, oui, dit-il. Ça pourrait être un truc pour nous forcer à faire appel à la magie.

À ce moment précis, un éclair frappa une cible facile – un des nombreux ormes qui se trouvaient non loin. Sous l'impact, il craqua, puis des étincelles apparurent.

Cassie se protégea les yeux à l'aide de sa main en visière et observa l'orme qui frissonnait dans un nuage de fumée.

— De toute évidence, ils savent déjà qu'on est des sorciers, tu ne crois pas ?

Tout à coup, un autre arbre fut touché, voisin du premier, puis un autre encore, toujours plus proche d'eux. Pour finir, un éclair embrasé vint s'écraser sur le sol tout près des pieds de Cassie. Elle hurla, Nick l'écarta pour faire écran de son corps.

Ils s'écroulèrent tous deux par terre. Cassie se retrouva sous Nick. Son corps musclé pesait lourd.

— Ça va ? demanda-t-il.

Des gouttes de pluie tombaient de son visage sur celui de Cassie.

— Oui.

Elle gardait les yeux rivés sur les arbres qui avaient reçu la foudre : ils succombaient aux assauts de flammes orange vif. Elle n'avait jamais vu de brasier aussi virulent, surmonté d'un panache de fumée noire, tel un fantôme.

Ça aurait pu être moi, songea-t-elle. Si Nick ne l'avait pas poussée, elle serait morte.

C'était quelque chose de voir ces grands ormes majestueux noircis et rabougris, réduits en cendres avec tant de facilité. Leur écorce rugueuse et foncée fondait sous la chaleur, comme une barre de chocolat oubliée au soleil.

Quoi que les chasseurs aient tenté de prouver, ils avaient réussi. De toute évidence, ils étaient puissants, et ils n'avaient pas peur de tuer. Ils n'étaient peut-être pas des sorciers, mais cette forme de contrôle des éléments évoquait à Cassie la magie noire. Qui étaient donc ces chasseurs de sorciers qui se servaient des mêmes tactiques que les sorciers maléfiques ?

— Ils sont tout près, dit-elle.

Nick dégagea un peu le corps tremblant de Cassie sous son poids.

— Et ils se rapprochent un peu plus chaque minute.

Il semblait à Cassie qu'il n'existait aucune échappatoire. Ils pouvaient continuer à courir, mais les éclairs, le tonnerre les suivraient pas à pas jusqu'à toucher en plein cœur leur cible d'une balle de feu qui embraserait et tordrait leurs os, comme s'il s'agissait des branches cassantes d'un vieil orme. Ils pouvaient aussi rester à terre, sans bouger, blottis l'un contre l'autre et attendre la fin, les yeux fermés. Ils pouvaient choisir de capituler, ils n'étaient pas obligés de se battre. Mieux valait mourir tout près de Nick que de se faire dézinguer depuis le ciel.

Brutalement, comme si tout cela n'avait été qu'un rêve, la pluie cessa, les éclairs disparurent et le ciel s'éclaircit pour laisser la place au soleil. De manière aussi inquiétante que magnifique, le jour retrouva la perfection de carte postale qu'il avait auparavant. Si les arbres proches d'eux n'avaient pas été en flammes, envahissant l'air d'une sinistre fumée noire, Cassie aurait cru avoir imaginé toute cette scène de cauchemar.

— Je suppose qu'on a réussi le test, remarqua Nick en se levant et en nettoyant son jean.

Il passa ses doigts dans ses cheveux trempés et tendit la main à Cassie pour l'aider à se remettre debout.

— Comment ça ? demanda-t-elle en prenant sa main. Parce qu'on n'est pas morts ?

— C'est un bon point de départ.

Il glissa son bras autour du sweat-shirt entièrement mouillé de Cassie.

— Viens, je te ramène.

Elle leva la tête vers ses yeux d'acajou, pleine de gratitude. Il l'avait protégée, jamais elle ne l'oublierait. Sans une hésitation, il avait été prêt à mourir pour elle.

— Je veux bien rentrer chez moi, mais tu viens aussi, dit-elle.

— En tout cas, tu peux être sûre que je ne vais pas traîner dans le coin, plaisanta-t-il en essayant de prendre les choses à la légère.

— Nick.

Elle refusa d'avancer tant qu'il ne l'aurait pas regardée en face, tant qu'il n'aurait pas reconnu ce qui venait de se passer entre eux.

— Quoi ?

— Merci.

Il secoua la tête, détourna le regard.

— Tu n'as pas besoin de me remercier.

— Si, j'y tiens.

Nick se mit à rire, maladroitement, nerveusement. Le genre de rire qui sort quand on essaye de ne pas pleurer. Puis il attira Cassie tout près de lui et l'embrassa avec affection sur le front, comme un grand frère.

— Il n'y a pas de quoi, dit-il.

13

Ils entendirent les pompiers au loin alors qu'ils approchaient de la maison de Cassie. Pour éteindre les flammes qui dévoraient les arbres, imagina-t-elle. Ils accélérèrent le pas pour éviter d'être soupçonnés d'incendie volontaire. Allez savoir quel angle choisiraient les chasseurs pour les éliminer.

Une fois bien en sécurité à l'intérieur de la maison, Nick s'emballa :

— On doit prévenir les autres. Il faut qu'on les réunisse tous ici immédiatement.

La pluie avait imbibé ses vêtements, et ses cheveux ruisselaient sur son visage.

— Attends, dit Cassie, en quittant la cuisine un instant. On a le temps.

Elle récupéra deux grandes serviettes de bain du placard à linge, lui en jeta une.

— Sèche-toi.

Il rit.

— Tu as raison, je crois qu'on est un peu mouillés.

D'un mouvement souple, il fit passer son tee-shirt au-dessus de sa tête et l'essora dans l'évier.

Elle se surprit à fixer son torse musclé – et s'empressa de détourner le regard.

— Je vais me changer, annonça-t-elle en montant dans sa chambre. Je reviens.

À son retour, Nick paraissait à peu près sec, il avait renfilé ses habits, Dieu merci. Mais également ses chaussures, ce qui lui indiqua qu'il était sur le point de partir.

— Tu sais quoi ? dit-il en approchant de la porte. Je vais rentrer prendre une douche chaude. Ensuite, je raconterai aux autres ce qui s'est passé.

Cassie avait beau avoir très envie de garder Nick auprès d'elle, elle comprit qu'elle ne pourrait pas le retenir.

— Une douche chaude, ça me semble une bonne idée.

Il s'arrêta, une main sur la poignée.

— J'imagine que tu te charges d'en parler à Adam.

Elle fit oui de la tête. Mais une fois qu'il eut disparu, elle ne se sentit capable que d'une chose : se jeter sur le canapé.

Elle ne savait pas depuis combien de temps elle était installée là, mais suffisamment longtemps pour sursauter, comme tirée d'un rêve, lorsque sa mère revint à la maison.

— Quelle belle journée ! Tu devrais être à la plage.

— Non, pas vraiment.

Sa mère, qui rentrait du marché des producteurs, déposa ses paniers surchargés de fruits et de légumes sur le plan de travail de la cuisine, sans remarquer l'humeur de Cassie.

— Tu as faim ? Je prépare le déjeuner.

— Maman.

Le ton de Cassie capta enfin l'attention de sa mère.

— Qu'y a-t-il ? demanda celle-ci en la rejoignant sur le canapé. Que s'est-il passé ?

— Une belle frayeur. Mais je suis à peu près sûre que c'étaient les chasseurs.

Sa mère pâlit.

— Alors ils ne vont pas s'arrêter à Constance.

Cassie secoua la tête.

— J'ai bien peur que non. Il faut que tu me dises ce que tu sais sur eux.

Elle percevait dans sa propre voix ses accents suppliants.

Sa mère était visiblement mal à l'aise.

— Je ne sais pas grand-chose. Mais il y a bien une histoire, qui remonte à l'époque de ma jeunesse.

Cassie retint son souffle aussi discrètement que possible.

— Raconte.

— Du temps où j'étais avec ton père.

Cassie essaya de rester parfaitement immobile, de ne pas émettre le moindre son, rien qui risque de perturber le délicat équilibre de cet instant – une anecdote à propos de son père.

— Nous étions en balade en voiture, reprit sa mère, le regard droit devant elle. Avec des amis. Et nous nous sommes disputés avec une famille de chasseurs. Un de nos amis s'est retrouvé marqué.

Cassie revit le symbole apparu sur le front de Constance.

— Le S dans l'hexagone.

— Oui, confirma sa mère, la gorge serrée. C'est ainsi que les chasseurs désignent leurs victimes. Une fois qu'on a été marqué, il est quasiment impossible d'échapper à la mort.

Cassie n'eut aucune réaction. Elle laissa sa mère continuer.

— Mais ton père a sauvé mon ami. Et nous nous en sommes tous tirés.

— Alors il n'était pas si mauvais.

Sa mère tenta de sourire.

— Il était puissant. Les gens avaient peur de sa force, mais lorsque quelque chose lui tenait à cœur, il se montrait d'une loyauté à toute épreuve.

Sa voix trembla.

— C'était quelqu'un de charmant. Je le trouvais irrésistible, j'adorais être tout à lui, comme lui était tout à moi. J'étais spéciale à ses yeux. C'est comme ça que je l'ai persuadé de sauver cet ami des chasseurs de sorciers. C'était pour moi seule. Il aurait fait n'importe quoi pour moi.

Une larme roula sur sa joue, tel le tracé d'une rivière tortueuse. Elle l'essuya rapidement du bout du doigt.

— Il a fini par faire passer ses désirs avant tous les autres. Mais il y avait bien une raison pour que je sois avec lui, au départ.

Cassie découvrait une nouvelle facette de son père, dont elle n'avait jamais entendu parler, une facette qu'elle n'avait même pas envisagée. Et soudain, elle comprit quelque chose. Sa mère avait véritablement aimé Black John. D'un amour authentique. Comme celui qu'elle partageait avec Adam. Le genre d'amour qui ne disparaît pas uniquement parce que la personne est différente de ce que vous imaginiez.

En prenant cela en compte, elle sut pourquoi il était si difficile pour sa mère de l'évoquer. Ce n'était pas parce qu'elle se montrait distante ou secrète, en réalité, elle souffrait toujours.

Elle se jeta au cou de sa mère et la serra très fort.

— Merci de m'avoir parlé de ça. De lui.

Elle se mit à réfléchir à tout ce qu'elle venait d'apprendre. Elle essaya de se figurer comment était sa mère quand elle était heureuse, amoureuse. Et à quoi ressemblerait sa vie si ses parents étaient encore ensemble. Mais dans cette image mentale là, son père était un homme normal, un mari, un père – et pas une force maléfique. Bref, c'était un beau rêve, en rien utile dans les circonstances actuelles. Que son père ait un jour été un homme bon ou non, Cassie ne devait pas pour autant oublier ce qu'il avait fait.

— Je regrette de ne pas pouvoir t'en apprendre davantage sur les chasseurs, dit sa mère.

Ses yeux s'embuèrent. Cassie en conclut que leur conversation était terminée. Cependant, sa mère ajouta :

— On peut s'en aller, tu sais, si tu le souhaites. On n'est pas obligées de rester dans cette ville.

— Je ne peux pas partir, répondit Cassie, sous le choc. Tu le sais bien.

— J'ai cru ça, moi aussi, autrefois. Mais ce n'est pas vrai. On peut toujours.

Cassie s'approcha tout doucement de sa mère.

— C'est toi qui m'as amenée ici, tu te souviens ?

— Et je peux aussi être celle qui t'éloigne de cette ville.

Sa mère la regardait droit dans les yeux, maintenant.

— Je ne m'enfuirai pas, affirma Cassie, la voix chargée d'émotion.

— Tu refuses à cause d'Adam.

Pour sa mère, c'était une affirmation, non une question. Comme s'il s'agissait là d'une faiblesse qu'elle ne connaissait que trop bien.

— Je ne prendrai pas la fuite parce que j'ai prêté serment, rectifia Cassie.

Sa mère se remit à pleurer. Cette fois, ce n'était pas une unique larme, mais des flots entiers, on aurait cru qu'un barrage venait de se rompre en elle.

— Je n'ai jamais voulu ça pour toi, sanglota-t-elle. C'est exactement ce que j'ai souhaité t'épargner toute ma vie.

— Je sais.

Cassie s'efforçait de ne pas laisser transparaître sa peur.

— Mais la meilleure manière de me protéger, maintenant, c'est de continuer à me parler, à me raconter les détails du passé dont je pourrais avoir besoin, même si c'est douloureux. Personne d'autre ne peut m'apprendre tout ça, je n'ai plus que toi.

Sa mère prit Cassie dans ses bras.

— Je te le promets, Cassie. Je ferai tout pour t'aider.

Elles pleurèrent toutes deux un moment, dans les bras l'une de l'autre. Cassie avait l'impression qu'elles étaient en deuil, qu'elles pleuraient un décès et peut-être était-ce le cas, d'une certaine manière. La mort du silence protecteur entre elles, de leurs secrets et de leurs mensonges. La mort de la normalité. Sa mère lui caressait le dos en lui répétant que tout irait bien, qu'elles affronteraient cela ensemble. Pour la première fois, Cassie eut l'impression d'être sa fille.

Un peu plus tard, elle se rendit chez Adam pour lui raconter l'attaque des chasseurs sur la plage. Ils passaient rarement du temps chez lui, le changement de décor lui fit donc du bien. Elle adorait sa chambre. Allongée sur son lit, elle ne put s'empêcher de l'imaginer en train de dormir, enveloppé dans ces draps, les traits apaisés dans l'innocence du sommeil. Elle observa les objets qui se trouvaient autour d'elle, des objets ordinaires, qui ne seraient chargés d'aucune signification pour elle s'ils n'avaient pas appartenu à Adam – ses manuels scolaires empilés sur son bureau, ses chaussures entassées en vrac dans son placard, un jean égaré sur le sol. Elle pouvait presque le voir rentrer de l'école, se débarrasser de ses livres, jeter ses baskets et enlever son pantalon pour enfiler quelque chose de plus confortable. Toute cette scène fit naître en elle un élan d'affection, qui englobait jusqu'aux objets qu'il avait pu toucher – comme si, par extension, ils devenaient tous une partie de lui.

Il réapparut avec quelques trucs à grignoter et à boire, puis referma derrière lui.

— Désolé, c'est un peu le bazar. Pourtant, j'ai essayé de ranger, mais…

— C'est parfait comme ça, le rassura Cassie.

Il la rejoignit sur le lit et elle fut soudain saisie d'une envie de lui masser les épaules, d'embrasser son visage, sa nuque… D'oublier l'effroyable tempête dont elle avait été témoin sur la plage.

La respiration d'Adam ralentissant, Cassie comprit qu'il avait la même idée qu'elle. Il passa la main sur sa cuisse d'un air suggestif.

— Tu es magnifique, ce soir, dit-il. Mais je me suis inquiété pour toi. Que s'est-il passé aujourd'hui ?

Ses doigts glissèrent de sa cuisse à sa hanche, la zone qu'il préférait caresser.

Cassie prit une grande inspiration et s'assit.

— En allant me balader sur la plage, je suis tombée sur Nick.

Elle marqua un temps d'arrêt pour déchiffrer l'expression d'Adam, mais son visage resta neutre.

— J'étais contente de le voir, poursuivit-elle. Tu sais que je fais tout pour que notre amitié reparte sur de bonnes bases. Nous étions en train de discuter quand tout à coup, le ciel est devenu noir et une tempête horrible a éclaté. On a tout de suite compris que c'était un phénomène surnaturel.

— Les chasseurs.

Elle confirma d'un hochement de tête.

— On a pris nos jambes à notre cou. Les éclairs nous visaient directement. Un a failli…

Elle sentit sa gorge se nouer. Elle eut du mal à déglutir.

— Nick a risqué sa vie pour me sauver, Adam. J'aurais été touchée s'il n'avait pas réagi aussi vite pour m'écarter.

Des rides apparurent sur le front d'Adam, qui gardait les yeux rivés sur son couvre-lit.

— Il s'est montré un véritable ami, à ce moment-là, dit Cassie. Pour toi comme pour moi. Tu n'es pas d'accord ?

Adam resta immobile encore un instant, avant de relever la tête pour la regarder en face.

— Si, tu as raison.

Il remua d'un air gêné.

Elle voyait, dans la crispation de sa mâchoire, qu'il était contrarié que ce soit Nick qui l'ait sauvée, mais jamais il ne l'aurait avoué.

— J'aurais aimé être là, mais je suis heureux que tu n'aies rien.

Il prit les mains de Cassie et les pressa entre les siennes avant de les approcher de ses lèvres pour y déposer un baiser.

— Je ne sais pas ce que j'aurais fait si tu avais été blessée.

Il embrassa l'intérieur de son poignet, de son avant-bras. Elle savait bien où tout ça les mènerait. À contrecœur, elle se força à retirer son bras.

— Il y a autre chose, ajouta-t-elle. J'ai discuté avec ma mère. On a enfin eu une vraie discussion, elle et moi.

Adam fit un effort pour se concentrer à nouveau et se redressa.

— Et ?

— Elle m'a parlé de mon père. Tu sais, il n'était pas totalement mauvais, Adam. Elle l'a vraiment aimé.

Il ne semblait pas trop savoir comment réagir. Black John restait un sujet délicat entre eux.

— Je sais bien que ça a l'air bizarre, dit-elle. Mais essaye d'imaginer ce qu'elle a dû ressentir. Être amoureux, comme nous, très amoureux et perdre l'autre parce qu'il bascule du côté obscur.

Il secoua la tête.

— Je ne veux même pas l'imaginer.

— Moi non plus, alors je me dis que ça a dû être monstrueux pour ma pauvre mère.

Elle sentit ses émotions la submerger, lutta contre une violente envie de pleurer.

Adam prit à nouveau ses mains.

— Je ne vois pas ce qui pourrait être pire, mais c'est bien que tu puisses le comprendre maintenant. Je suis content que tu aies pu avancer avec ta mère sur ce sujet.

Cassie balaya du regard la chambre d'Adam. Sans qu'elle sache bien pourquoi, elle avait du mal à le regarder en face en cet instant. Elle préféra se concentrer sur le poster accroché à son mur, celui d'un groupe dont elle n'avait jamais entendu parler.

— Je suis sûr que ton père était le genre d'homme dont on peut facilement tomber amoureuse, dit-il. C'était quelqu'un de charismatique, un leader naturel. Sans ça, ta mère n'aurait jamais pu être avec lui, elle est intelligente. Ce qui est arrivé, ce n'est pas sa faute.

Parfois, Adam trouvait juste les mots qu'il fallait. Ils provoquèrent un changement subtil dans l'esprit de Cassie et tout à coup, elle se sentit à l'aise. Si Adam ne jugeait pas sa mère responsable, d'une certaine manière il ne la jugeait pas responsable elle non plus. Elle le regarda droit dans les yeux et tendit la main vers lui.

— Le plus important, c'est que tu sois saine et sauve, dit-il en s'approchant. Et que nous soyons ensemble.

Elle s'allongea, il se blottit tout contre elle. Elle l'aimait tellement qu'elle en avait presque mal. Elle avait l'impression que jamais elle ne pourrait se lasser de lui.

Il l'embrassa passionnément puis s'arrêta un instant.

— Avec tout ce qui se passe, je suis juste soulagé... commença-t-il.

Cassie le fit taire d'un doigt sur sa bouche.

— Assez discuté, dit-elle en l'attirant à elle.

14

— OK, dit Diana. Nous n'avons pas beaucoup de temps. Qui a quelque chose à signaler ?

Le Cercle s'était réuni pour déjeuner dans son nouveau repaire, un bosquet au bout d'une des allées étroites qui bordaient le terrain de l'école – une petite clairière d'herbe verte abritée par de hauts bouleaux et des pommiers touffus. Adam avait suggéré qu'ils y établissent leur coin pique-nique pour les beaux jours.

Tous les yeux se tournèrent vers les frères Henderson. Ils avaient eu ce matin-là une mission : lancer une boule puante en cours de maths, en troisième heure. Le plan était qu'ils soient convoqués ensemble dans le bureau du nouveau directeur pour pouvoir y rechercher des preuves éventuelles. Le Cercle enquêtait sur tous ceux qui venaient d'arriver en ville, mais le principal était numéro un sur leur liste de chasseurs potentiels.

— Nous ne devrions pas attendre Faye ? demanda Deborah en déballant son déjeuner.

— Nous passons notre temps à l'attendre, répliqua Mélanie. Si elle est mieux ailleurs, nous n'avons qu'à faire sans elle.

— Je t'ai entendue, lança Faye depuis le haut du chemin.

Elle descendit lentement.

— Comme je disais, reprit Diana en haussant le ton. Chris, Doug, qu'est-ce que vous avez découvert ?

Faye les rejoignit juste à temps pour donner un petit coup dans les côtes de Doug du bout de sa botte noire pointue.

— Allez, balance. Vous n'avez rien trouvé du tout.

— Effectivement, on a eu zéro résultat, répondit Chris, tandis que Doug restait silencieux. Pourtant, ce n'est pas faute d'avoir essayé. M. Boylan paraît assez réglo, dans l'ensemble.

— Je n'y crois pas une seule seconde, intervint Nick. Il débarque en ville et tout explose. La coïncidence est trop grande. Nous devrions l'interroger, pousser l'enquête un peu plus loin.

Cassie remarqua qu'il la regardait en disant cela.

— On n'a pas besoin de jouer les casse-cou, protesta Diana.

Il s'esclaffa.

— Pas besoin ?

Il était infiniment différent d'Adam, qui se montrait toujours intègre au plus haut point, en toutes circonstances. Même lorsqu'il cherchait l'aventure, c'était par dévotion. Il ne s'agissait jamais d'une forme de révolte.

Cassie observa Adam, qui déambulait autour du groupe, en médiateur toujours, essayant par-dessus tout de maintenir la paix. L'unité du Cercle comptait plus que tout à ses yeux.

Voilà. C'était ça. C'était ce qui lui trottait dans la tête depuis leur dispute de l'autre soir, ce sur quoi elle n'arrivait pas à mettre le doigt. Cependant, maintenant qu'elle avait compris, cela lui apparut une vérité incontestable : rien, pour Adam, ne comptait plus que le Cercle. Pas même elle.

Non seulement elle se trouvait en compétition discrète avec Diana, mais elle se heurterait éternellement au Cercle, comme s'il s'agissait d'une autre femme – une femme à l'emprise bien plus forte sur la loyauté d'Adam. Comment ne s'en était-elle pas rendu compte plus tôt ?

Diana, qui avait à peine touché à sa salade, jeta un coup d'œil à Adam, justement, puis s'éclaircit la gorge.

— Est-ce que tout le monde a évité ceux de l'extérieur, comme nous l'avions demandé ?

Cassie jeta son sandwich au beurre de cacahouètes sur sa serviette.

— Inutile de rester aussi vague, Diana. On sait tous de qui tu veux parler.

Mélanie et Laurel baissèrent le nez vers leur sandwich. L'insolence soudaine de Cassie, qui lui ressemblait si peu, les mettait visiblement mal à l'aise. Suzan et Sean échangèrent un regard étonné et le visage de Deborah se tendit. Mais Nick, lui, sourit, amusé par son coup de sang, remarqua Cassie.

— Oh ! un crêpage de chignons, lança Faye en se frottant les mains. Attention, mesdemoiselles, interdiction de se griffer le visage.

Cependant, Diana ne se départit pas de son éternelle dignité et répondit sans paraître sur la défensive.

— Cette règle s'applique à tous ceux de l'extérieur, quels qu'ils soient, Cassie. Je ne parle pas uniquement de toi et de ton amitié avec Scarlett.

Cassie sentit ses joues rougir, sa nuque la cuire.

— Il faut me croire, dit-elle d'une voix tremblante. Il n'y a rien de louche chez Scarlett. Ce n'est pas parce qu'elle est de l'extérieur qu'elle est contre nous.

— Ah bon ? ironisa Faye.

— Tu n'en sais rien, insista Diana. Nous ne savons quasiment rien sur cette fille.

— Si, j'en sais quelque chose !

Cassie hurlait désormais.

— Je sais qui j'ai en face de moi quand je la vois. Je fais confiance à mon don de double vue.

C'était un coup bas de sa part de mentionner ce don – une manière de rappeler à Diana qu'elle seule pouvait avoir des visions.

— Faites gaffe, dit Faye. Cassie sort l'artillerie lourde.

— Ta double vue pourrait être obscurcie, reprit Diana, très raide.

Cassie rétorqua, du tac au tac :

— Obscurcie ? Par quoi ?

— Par le fait que cette fille t'obsède depuis l'instant où tu l'as rencontrée.

Diana avait perdu son sang-froid et enfin elle répliquait.

— Ah, ah ! applaudit Faye. La vérité éclate au grand jour ! Diana est jalouse parce que Cassie s'est trouvée une nouvelle meilleure amie !

Des ricanements se firent entendre dans le groupe. Suzan et Deborah hochèrent la tête avec conviction.

— Un défaut dans le marbre parfait de notre précieuse Diana, poursuivit Faye. J'adore.

— Je ne suis pas jalouse.

Diana planta ses yeux verts dans ceux de Cassie.

— Si, tu l'es, assena Cassie.

Cette attaque finale laissa Diana sans voix. Cependant, elle ne détacha pas son regard de Cassie, qui en retour la fixait également. Tout remontait d'un coup : la frustration, la confusion, la colère qu'elle éprouvait envers Diana qui rejetait Scarlett et était allée trouver Adam dans son dos. Face à elle, Diana lui renvoyait sa déception, son indignation devant l'audace de Cassie qui la défiait, elle et le groupe. Leurs volontés contraires les mettaient dans l'impasse. Voilà donc ce à quoi elles en étaient réduites ? À cette confrontation mesquine ? Personne ne bougeait ni ne disait mot et pendant une seconde, Cassie crut que cela pourrait durer éternellement.

Après quoi, bien sûr, Adam vint se placer entre elles.

— On passe à la suite, dit-il. Nous n'avons pas beaucoup de temps et les sujets ne manquent pas. Diana, Deborah, dites-nous ce qui s'est passé pendant que vous preniez Max en filature.

À la mention du nom de Max, Faye monta immédiatement sur ses grands chevaux.

— Vous avez fait quoi ?

Diana, confrontée à une nouvelle polémique, redirigea toute son énergie vers Faye.

— Nous ne l'avons pas encore accusé de quoi que ce soit. Pas la peine d'en faire des tonnes.

— J'ai toutes les raisons d'en faire des tonnes, au contraire. Personne ne m'a prévenue.

— C'est quelqu'un de l'extérieur, et il est nouveau, plaida Deborah. Tu savais bien qu'il se trouvait sur notre liste.

— Et nous l'avons suivi jusqu'à chez toi, déclara Diana avec un calme olympien.

L'onde de choc se répandit dans tout le groupe, qui fut soudain pris d'hystérie. Cette réunion s'avérait bien plus explosive qu'ils ne l'avaient anticipé.

— Il est venu chez toi ?

Les yeux gris de Mélanie s'enflammèrent.

— Donc, cela fait deux personnes qui n'ont pas respecté la règle de non-fréquentation de ceux de l'extérieur, remarqua Laurel avec une pointe d'agressivité dans sa voix généralement paisible.

Suzan, la bouche à moitié pleine de gâteau, laissa échapper :

— Mais Max la fuit depuis des semaines, il ne voulait rien avoir à faire avec elle.

Deborah, incrédule, secoua la tête.

— Eh bien quelque chose a changé. Elle lui plaît, maintenant. Il a laissé tomber son numéro du « je suis trop bien pour tout le monde » pour sauter sur Faye comme un chiot en manque. Il a même raté un entraînement de hockey pour être avec elle. On aurait presque dit qu'il était envoûté…

À l'instant où elle prononça ce mot, Deborah comprit, et tous les autres avec elle.

Adam braqua ses yeux bleu électrique sur Faye.

— Non, tu n'as pas fait ça. Dis-moi que tu n'as pas fait ça.

Mais tous savaient. Voilà ce qui occupait tant Faye ces derniers temps, voilà ce qui la mettait en retard aux réunions, ce qui la rendait si secrète concernant ses projets. Elle avait envoûté sa victime pour arriver à ses fins.

— Tu avais juré, s'écria Adam. Nous avons tous juré de ne pas faire usage de la magie.

Faye agita ses longs ongles rouges devant lui, comme pour l'écarter de sa vue.

— Ce n'était rien. Un simple philtre d'amour, ce n'est pas vraiment de la magie.

Mélanie vint se placer à côté d'Adam. Jamais Cassie ne l'avait vue à ce point en colère.

— Ils vont nous trouver, maintenant. Les chasseurs.

— Détends-toi, se moqua Faye en riant. Ce ne sont pas des chasseurs de cupidon. Personne n'a rien remarqué. Et personne ne remarquera rien.

— Mais le plus petit écart nous met en danger, intervint Nick, les poings serrés, la respiration saccadée. On ne peut pas se permettre la moindre erreur.

Faye fit volte-face et s'approcha de lui.

— Parles-en à Cassie, alors.

— Elle n'a rien fait de mal. Toi oui.

Nick durcit ses poings.

— Tu es sûr de ça ? rétorqua Faye en le poussant avec violence.

— Ça suffit ! cria Diana. Cette discussion ne mène à rien et nous devons tous aller en cours. Nous reprendrons plus tard.

Mais comment ? pensa Cassie. Comment était-il possible de parvenir à recoller tous ces morceaux brisés ? Tout le monde ramassa les restes de son repas et se dirigea vers les bâtiments, sauf Faye, qui ne bougea pas.

— Vraiment ? Vous partez ? On commençait seulement à s'amuser.

Elle se prit un coup de coude de Mélanie au passage, mais resta de marbre et lança à Cassie d'un ton amusé :

— Franchement, je préfère de loin la Mélanie nouvelle formule, en mode super énervée, à l'ancienne – très chiante et raisonnable –, pas toi ?

Cassie l'ignora et rangea la fin de son sandwich dans son sac en papier.

— La nouvelle Diana jalouse n'est pas mal non plus, poursuivit Faye. Pour ce qui est de Cassie la menteuse, en revanche, rien de nouveau sous le soleil.

Se battre avec elle, voilà ce que souhaitait Faye, mais cette fois, Cassie ne fut plus capable de l'ignorer. Elle la regarda droit dans les yeux.

— Je ne sais pas de quoi tu veux parler, dit-elle. Et mieux, je m'en fiche.

Faye vint saisir son menton entre ses doigts fermes.

— Tu as tort, pourtant.

Cassie eut très envie de se dégager. La pierre rouge que Faye portait autour de son cou reflétait la lumière du soleil dans ses yeux au point de les brûler, mais elle ne se détourna pas.

— Tu ne me fais pas peur, parvint-elle à articuler malgré la poigne de Faye.

— Encore une de tes nombreuses erreurs idiotes.

Elle serra un peu plus son menton.

— Hé ! Lâche-la.

C'était Nick, en haut du chemin.

Faye la libéra en riant.

— T'inquiète, Nicholas, celle-ci peut se débrouiller toute seule. Elle n'a pas besoin que tu la sauves. N'est-ce pas, Cassie ?

Cette dernière rejoignit Nick tandis que Faye lui criait :

— Tu ne seras jamais Adam, Nicholas, malgré tous tes efforts.

Cassie la dévisagea, et le feu qui brûlait son ventre parut remonter jusque dans sa gorge.

— Faye, tu es pathétique. Au fond de toi, tu es faible, bien plus faible que moi. Ne me pousse pas à te le prouver.

Faye passa sa langue sur ses lèvres rouge sang puis la fit glisser lascivement sur ses dents.

— Voilà qui te ressemble plus, lâcha-t-elle. Montre-moi donc ton côté sombre, Cassandra. C'est celui que j'ai envie de voir.

15

Pour rejoindre le phare, il y avait dix bonnes minutes de marche qui suffiraient à accélérer un peu le rythme cardiaque de Cassie et à remplir ses poumons d'air frais. Une partie de la tension du groupe s'était dissipée. Cassie avait jugé que Faye s'en tirait à bon compte après avoir pratiqué la magie, mais elle était trop soulagée de retrouver une bonne entente générale pour le mentionner. De plus, elle-même avait été pardonnée d'avoir fréquenté Scarlett.

C'était Diana qui avait suggéré qu'ils se rendent à pied jusqu'au phare, en groupe, tous les douze. *La voiture, c'est très bien, mais ça ne vaut pas une balade au clair de lune en compagnie de ses plus proches amis*, pensa Cassie. Elle se sentait invincible, comme le maillon de quelque chose de beaucoup plus imposant, de plus important qu'elle.

C'était la pleine lune. Laurel avait apporté un sac rempli de cookies fraîchement préparés par ses soins – une vieille recette de famille qui comptait parmi ses ingrédients des feuilles d'armoise écrasées qu'il fallait ramasser et ingérer un jour de pleine lune. Laurel prétendait que ces gâteaux amélioraient la divination, la voyance et les pouvoirs surnaturels, mais Cassie et les autres s'en gavaient en marchant, simplement parce qu'ils étaient délicieux. Leurs vertus cachées n'étaient qu'un bonus.

Adam chercha la main de Cassie et elle ne la retira pas. Certes, elle était un peu à cran, mais pour l'instant, tout allait bien et son lien avec Adam était solide. Par leurs doigts entremêlés, il l'assurait qu'en dépit de tout ce qui les menaçait, elle n'était pas seule, et qu'ensemble, ils pourraient tout surmonter.

La nuit était revigorante. Des arbres au-dessus d'eux émanait le doux parfum des fleurs et le sol sous leurs pieds était tout humide de rosée. Une rare insouciance les envahit au fil de leur balade. Cela touchait non seulement Cassie et Adam, mais aussi le groupe tout entier. Ils s'interpellaient très fort dans la rue, se moquaient les uns des autres, cognaient sur des poubelles au passage. Chris défia Doug à la course sur le reste du parcours, et tous s'élancèrent à leur suite pour voir qui terminerait vainqueur. Soudain, comme un seul homme, ils se figèrent, sous le choc.

Cela paraissait impossible.

Le phare avait été ravagé par un incendie.

Il ne restait plus qu'un tas de cendre et de suie.

De manière assez irrationnelle, Cassie crut qu'ils s'étaient trompés d'endroit. Comment une structure aussi solide et inébranlable, aussi permanente dans sa vigilance, aurait-elle pu fondre ainsi ? Mais voyant la colère dans les yeux d'Adam, elle dut se rendre à l'évidence : non seulement le phare avait disparu, mais sa destruction était intentionnelle.

Mélanie fut la première à prendre la parole.

— C'était un monument historique. Il était là depuis au moins trois cents ans.

— Et c'est à ça que tu penses ? répliqua Nick. Tu ne voudrais pas plutôt te demander comment les chasseurs ont réussi à nous trouver ?

Avec douceur, Diana vint poser sa main sur son épaule.

— Attends un peu. Pas de conclusion hâtive. Nous ne pouvons pas être certains que c'étaient les chasseurs.

Il écarta sa main.

— C'est un message clair et net. Qu'est-ce qu'il te faut de plus ?

Diana se tourna vers Mélanie et Laurel.

— Toutes les deux, vous êtes les dernières à être venues. Vous êtes sûres de ne pas avoir laissé de bougies allumées ?

Mélanie écarquilla les yeux.

— Tu es en train de nous accuser, nous, d'avoir mis le feu ?

— Je ne vous accuse pas, répondit Diana. Je cherche à savoir.

Cassie ne pouvait supporter d'assister une fois encore à des disputes. Elle traversa l'herbe et approcha de l'endroit où se tenait autrefois la porte du pavillon.

Elle entendit Adam prendre la défense de Diana contre Mélanie et Laurel.

— Nous nous porterions tous mieux si vous étiez responsables de l'incendie, dit-il. Au moins, nous saurions qu'il s'agissait d'un accident et pas d'un acte de...

— Ce n'était pas un accident, leur lança Cassie.

Sa voix résonna dans l'espace entre eux comme une vague de l'océan. Pile à l'endroit où se trouvait la porte du pavillon un symbole était tracé dans la cendre qui recouvrait le sol. Ce même symbole qui était apparu sur le front de Constance.

Adam fut le premier à la rejoindre.

— La marque des chasseurs, dit-il.

Les autres se regroupèrent derrière lui. Eux aussi la voyaient maintenant. Ils ne pouvaient pas la manquer.

— Le coven a été marqué, déclara Cassie.

— Faye, c'est ta faute, s'écria Nick. Tout ça parce que tu n'as pas pu t'empêcher de te servir de la magie.

Pour une fois, Adam était d'accord avec lui.

— Ils ont remonté la trace de ton envoûtement, renchérit-il.

— Je vous l'avais dit, intervint Mélanie. Je vous avais dit que ça arriverait.

— Ça suffit !

Les yeux de Faye s'enflammèrent de rage.

— Pourquoi vous êtes tous aussi persuadés que c'est à cause de moi ?

Elle pointa un de ses longs ongles rouges vers Diana.

— Toi qui évites tellement les conclusions hâtives, arrête-toi un moment, rappelle tes chiens et réfléchis un peu aux coupables éventuels.

Sur ce, Faye tordit le cou pour jeter un regard assassin à Cassie, tout en gardant le torse tourné vers Diana.

— Selon moi, Scarlett me paraît un suspect raisonnable. Surtout quand on pense que Cassie l'a amenée ici l'autre jour.

Cassie ne répondit rien.

— Je t'ai vue, dit Faye.

— N'essaie pas de retourner ça contre moi, répliqua Cassie, mais c'était tout ce qu'elle pouvait dire.

Impossible de nier.

Adam et Diana se tournèrent vers elle avec une identique expression d'incrédulité.

— C'est vrai ? demanda-t-il. Tu es venue avec Scarlett au phare ?

Cassie baissa les yeux vers l'horrible symbole brûlé sur le sol, avec son S serpentin et son hexagone satanique. Ce n'était pas l'œuvre de Scarlett. Elle en était certaine.

— Cassie, comment as-tu pu faire une chose pareille ?

Diana ne pouvait contenir son exaspération.

Cassie dirigea un regard plaintif vers les yeux furieux de son amie.

— Elle était avec moi quand j'ai apporté des herbes pour Mélanie et Laurel, expliqua-t-elle. Mais je ne l'ai pas laissée entrer et je ne lui ai rien dit. Je vous le jure, ce n'est pas elle qui a fait ça.

— Tu n'étais pas censée fréquenter Scarlett du tout, protesta Mélanie. Et tu l'as amenée jusqu'à notre lieu sacré ?

Faye savourait pleinement le bain de sang qu'elle avait initié. Avec quelle facilité elle avait détourné l'attention de son envoûtement interdit ! Elle s'adressa au groupe :

— Ce que Cassie a fait est impardonnable, cracha-t-elle avec malveillance. Elle nous a trahis.

— Tu nous as trahis toi aussi, Faye, répliqua Cassie. Et comment peux-tu savoir que j'ai amené Scarlett au phare à moins de m'avoir espionnée ?

— Ce n'est pas vraiment le problème, intervint Diana. Je suis d'accord avec Faye sur ce coup. Faire venir Scarlett au phare, c'est une trahison. Et il faut qu'on reste unis maintenant, plus que jamais. Aucune personne de l'extérieur ne peut bénéficier de notre confiance, quoi qu'il arrive.

Cassie perdit la dernière bribe de sang-froid qui lui restait.

— Alors, que je comprenne bien : ton idée de l'unité, c'est de prendre fait et cause pour Faye ?

Adam répondit à la place de Diana.

— C'est pour ton bien, Cassie. Scarlett n'est pas l'une d'entre nous. En aucune circonstance elle ne devait se trouver à proximité de notre lieu de rendez-vous.

— Peut-être que c'est moi qui ne suis pas l'une d'entre vous, lâcha Cassie sans réfléchir.

Pour Diana, ce fut la goutte d'eau qui fit déborder le vase. Elle se mit à hurler – Cassie ne l'en aurait jamais cru capable.

— Évidemment que tu es l'une d'entre nous, Cassie ! Ta présence dans ce Cercle est plus cruciale que celle de n'importe lequel d'entre nous. Tu ne crois pas que nous en sommes tous conscients ?

Sur ce, Diana se tourna vers Faye.

— Quant à toi, ne te crois pas tirée d'affaire. Cassie a raison, tu as aussi trahi le groupe. Max était hors limite, comme ta magie.

— Et si je recommence ? demanda Faye.

Diana ne cilla même pas.

— Ce serait renoncer de fait à tes privilèges de leader du Cercle.

Quelques secondes s'écoulèrent avant qu'Adam brise le silence de mort qui suivit cette déclaration.

— Le coven a été marqué. Mais les chasseurs nous connaissent-ils individuellement ?

— Bonne question, dit Mélanie. Dans un cas comme dans l'autre, il va falloir trouver un moyen de les combattre.

— Exact, confirma Diana.

Sa voix avait retrouvé son timbre angélique.

— Et si je vous ai proposé de nous réunir, c'est que je voulais partager quelque chose de très important avec vous. Avant toutes ces surprises.

Elle fixa Cassie, puis Faye, en les rabrouant l'une après l'autre d'un simple regard. Puis elle tira son Livre des Ombres de son sac.

— J'ai trouvé un sort, expliqua-t-elle. Un sort pour détruire les chasseurs de sorciers.

— Quoi ? demanda Adam, scandalisé que Diana ne l'ait pas tenu informé de cette nouvelle. Pourquoi tu n'en as pas parlé avant ?

— Je n'étais pas certaine que c'était bien ce que je pensais, se défendit Diana. Le texte était surtout en latin, et il avait besoin d'être traduit. Mais maintenant, je suis sûre. C'est pour ça que je tenais à ce qu'on soit tous réunis ce soir, pour vous l'annoncer à tous au même moment.

— Lançons le sort immédiatement, dit Mélanie, qui semblait pleine d'espoir pour la première fois depuis des jours.

Diana secoua la tête.

— D'abord, nous devons être certains de l'identité des chasseurs.

Nick coula un regard vers Chris et Doug.

— Faisons-le sur le principal. On est à peu près sûrs, proposa-t-il.

— Non.

Les yeux verts de Diana se mirent à briller.

— Le sort ne fonctionnera que sur un véritable chasseur. Si nous l'essayons sur quelqu'un d'autre, cela ne servira qu'à nous démasquer. Sans compter qu'on risque de blesser un innocent.

— Ouah ! grande nouvelle, dit Faye. On a un sort qu'on ne peut pas utiliser.

— Nous l'utiliserons.

Adam jeta un dernier coup d'œil au symbole brûlé sur le sol.

— Quand ils frapperont à nouveau. Désormais, je crois qu'on peut parier que ça va se reproduire.

— Mais que se passe-t-il avec ce sort ? demanda Mélanie. Si on le fait ? Les chasseurs meurent ?

Diana hésita.

— Ce n'est pas très clair. La traduction laisse beaucoup à l'interprétation, mais apparemment, l'effet dépend du chasseur.

— Autrement dit, la mort est une éventualité, résuma Mélanie.

— Fais-moi voir.

Faye prit le Livre des Ombres des mains de Diana et parcourut la page. Au fur et à mesure que ses yeux déchiffraient les écrits anciens, elle parut retenir son souffle et s'éloigner du texte, incrédule.

— Ce n'est pas un sort, dit Faye. C'est une malédiction.

Diana fixa le sol.

— Oui. Techniquement, c'est une malédiction.

Soudain, Faye débordait d'excitation.

— Ça ressemble à un sort-miroir qui retournerait les pouvoirs du chasseur contre lui, sauf qu'il faut invoquer Hécate. Ça pourrait être…

Elle n'arrivait pas à trouver le bon mot.

— … dangereux, compléta Diana. Nous ne nous en servirons qu'en dernier recours.

16

Malgré le léger crachin et bien que la nuit fût tombée, tout le monde était dehors. Scarlett avait invité Cassie à sortir. Bien entendu, elle avait décliné, mais elle aurait aimé ne pas y avoir été obligée. C'était justement ce dont elle aurait eu besoin pour se vider la tête : voir du monde, des gens qui ne soient pas des sorciers. Elle décida d'aller faire un tour en ville. Même si elle ne pouvait pas se joindre aux foules qui vaquaient à leurs occupations normales, elle pouvait au moins les observer depuis sa Volkswagen.

Cependant, elle avait à peine atteint Bridge Street que la petite pluie fine se transformait en déluge sonore. Des passants se réfugièrent précipitamment à l'intérieur des restaurants et des boutiques, certains s'attardèrent sur des pas de porte, sous des passerelles. Cassie, bien au sec et en sécurité dans sa voiture, se faisait l'effet d'être dans une boule à neige qu'on venait de secouer, submergée par la pluie tambourinant de tous côtés sans toutefois être elle-même touchée.

Brusquement, elle sentit s'évanouir ce sentiment de sécurité. Son cœur se mit à battre la chamade dans sa poitrine, et la sueur recouvrit tout son corps. Elle avait l'impression d'être suivie, pourtant, elle ne distinguait aucun véhicule derrière elle. Elle jetait des coups d'œil incessants dans son rétroviseur, mais ne voyait que la noire humidité de sa lunette arrière. Elle décida néanmoins de faire un détour, dans l'espoir de se débarrasser de cette sensation.

D'un coup de volant sec, elle bifurqua sur Dodge Street, une rue excentrée qui la ramènerait au péage. Cassie devait ralentir pour affronter ses nombreux virages en épingles, mais lorsqu'elle appuya sur la pédale de frein, son pied s'enfonça jusqu'au sol sans la moindre résistance.

Elle essaya à nouveau, une fois, puis deux, en vain. Ses freins ne fonctionnaient plus.

La voiture lui parut soudain accélérer, comme un vaisseau furieux la précipitant vers la mort. Relâcher l'accélérateur ne suffisait pas, elle ne pouvait pas l'arrêter. Paniquée, elle agrippa le volant et essaya de dévier vers le bas-côté où, peut-être, l'herbe la ralentirait suffisamment pour lui permettre de sauter au-dehors et ainsi sauver sa peau.

Mais l'herbe n'eut aucun effet. Il ne restait plus à Cassie qu'une seule solution : sauter alors que le véhicule était lancé à pleine vitesse. En proie à la terreur, elle ouvrit sa portière. Mais avant qu'elle ait le temps de sortir, la voiture s'écrasa contre un énorme chêne.

Cassie perdit connaissance un moment, longtemps peut-être. Lorsqu'elle rouvrit les yeux, elle vit qu'elle avait été éjectée à travers le pare-brise. Elle s'assura qu'elle pouvait bouger les bras, les jambes et qu'elle n'avait pas de blessure à la tête. De manière assez incroyable, elle était saine et sauve.

Sa voiture, en revanche, était totalement fichue. Sous la pluie, dans le noir, elle rappelait à Cassie une canette de soda aplatie, pliée en accordéon comme de rien contre l'arbre. C'était un miracle qu'elle soit en vie.

Elle se leva lentement, en continuant de passer en revue son environnement immédiat et elle prit conscience que son pressentiment avait disparu. Quelle que fût cette présence maléfique qui l'avait suivie, elle n'était plus là. Cassie ne parvenait pas à se débarrasser de l'idée qu'il ne s'agissait pas d'un accident.

Alors, les larmes lui montèrent aux yeux. Ce n'était pas un miracle. C'était le sort de protection qui l'avait sauvée.

Avec hantise, elle fit ce qu'elle avait à faire : elle ausculta son corps, ses vêtements, à la recherche de l'effroyable symbole primitif. C'était un peu comme chercher des tiques après une journée dans les bois, sauf que les conséquences, dans ce cas, impliquaient une mort prochaine. Elle fut soulagée de ne le découvrir nulle part. Elle avait peut-être frôlé la mort ce soir, mais au moins, elle n'avait pas été marquée.

Les mains tremblantes, elle récupéra son portable pour appeler les secours. Mais ainsi au milieu de nulle part, elle ne parvint pas à obtenir de signal. Elle se mit à paniquer encore plus. Elle était seule et abandonnée ici, une cible facile.

Jamais elle n'aurait dû sortir sans prévenir personne. Elle était naïve de croire que les chasseurs ne s'en prendraient pas à elle après l'échec de leur première tentative. Elle n'avait aucun moyen de leur échapper.

Elle attendit en grelottant sous les trombes d'eau, dans l'espoir qu'un gentil inconnu passe dans les environs. Mais, au contraire, le moindre bruit, la plus petite ombre la faisait sursauter et envisager le pire. Lorsqu'une voiture gris métallisé s'immobilisa devant elle, elle se raidit. Soudain, elle reconnut le visage à l'intérieur. C'était Scarlett.

— Oh, c'est pas vrai, tu n'as rien ?

Scarlett sauta de sa voiture et se précipita vers Cassie, sans même refermer sa portière.

— Tu es blessée ?

— Ça va, répondit Cassie avec un soupir de soulagement en découvrant ce visage familier.

Scarlett la serra contre elle, presque aussi stupéfiée que Cassie devant l'état de la voiture accidentée.

— Tu as failli y rester. Et tu es trempée !

Elle fonça récupérer une énorme couverture de laine dans le coffre de sa voiture, la déposa sur les épaules de Cassie et lui frotta les bras jusqu'à ce qu'elle se réchauffe un peu.

Cassie était trop tétanisée par l'accident pour résister.

— Tout va bien, dit Scarlett d'une voix aussi réconfortante que la laine épaisse qui enveloppait Cassie. Je te ramène chez toi.

Le lendemain, au lycée, tout le monde ne parlait que de l'accident qui avait failli coûter la vie à Cassie. C'était comme si, de manière assez malsaine et tordue, il lui avait rapporté des points de popularité. Même Portia Bainbridge traversa le hall bondé pour venir la voir, devant son casier. Elle la jaugea, le nez en l'air et plissa ses yeux noisette.

— Ravie que tu n'aies pas abîmé ton joli petit minois en passant à travers le pare-brise, déclara-t-elle.

Une idée effleura soudain Cassie : Portia avait-elle pu saboter les freins de sa voiture, ou bien l'un de ses demeurés de frères ?

Mais Portia avait cessé de s'attaquer au Cercle après leur coup d'éclat à l'automne précédent. Depuis, elle avait été distraite par son nouveau petit ami qui semblait son unique sujet de préoccupation. Et ses frères, Jordan et Logan, étaient tous deux à la fac, maintenant. Cassie en aurait entendu parler s'ils avaient été de retour sur l'île.

Au même moment, Sally Waltman apparut à côté de Cassie. Elle avait beau faire une tête de moins que Portia, lorsqu'elle se planta là, avec ses bras maigres croisés sur sa poitrine, sa férocité la fit paraître plus grande, comme inébranlable.

— Après ce qu'elle a subi, Portia, elle n'a pas besoin que tu viennes la harceler, intervint Sally.

— N'oublie pas de quel côté tu es, Sally. Tu ne voudrais pas qu'on commence à te confondre avec l'un d'entre eux et risquer d'avoir des ennuis, quand même ?

— Lâche l'affaire, déclara Sally avec force en attrapant Portia par le bras pour l'emmener avec elle. Viens, on va être en retard.

Elle coula un regard d'excuse à Cassie par-dessus son épaule.

Le fait que Sally tienne tête à Portia en disait long, surtout quand on pensait qu'elle avait été l'un des ennemis les plus détestés du Cercle. Si les relations du groupe avec Sally allaient aussi loin, Cassie ne voyait pas pourquoi ils ne pourraient pas se montrer plus tolérants vis-à-vis des autres personnes de l'extérieur, comme Scarlett. Ils n'étaient pas tous aussi horribles que Portia. Pourquoi le Cercle ne s'en rendait-il pas compte ?

Au déjeuner, le groupe se réunit sur leur lieu habituel dans les bois et bombarda Cassie de questions. Elle leur raconta le mauvais pressentiment qui l'avait envahie peu avant l'accident, les freins qui lâchent, mais elle garda certains détails pour elle. Elle était épuisée, tant physiquement qu'émotionnellement et elle n'avait pas envie d'affronter leur réaction si elle leur avouait que Scarlett était apparue juste après.

— As-tu le moindre indice sur qui aurait pu faire ça ? demanda Diana.

— Non, répondit Cassie. Aucun.

— J'ai vu Portia t'embêter devant ton casier ce matin, intervint Nick. On l'a trop longtemps laissée de côté. Je me méfie.

Diana parut dubitative, mais ajouta :

— Ça ne peut pas faire de mal de considérer Portia et ses frères parmi les suspects possibles.

— Et Sally Waltman, suggéra Suzan.

Diana secoua la tête.

— Sally se montre plutôt franche avec nous. De tous ceux de l'extérieur, je pense que c'est celle qui nous veut le moins de mal.

— Vous faites fausse route, protesta Deborah. Ces chasseurs sont puissants. Je ne sais pas de qui il s'agit, mais c'est quelqu'un qui n'était pas en ville avant, sans quoi nous l'aurions su.

Mélanie acquiesça.

— Ce symbole primitif ne vient pas de nos vieilles connaissances du lycée.

Adam faisait les cent pas, comme toujours lorsqu'il était nerveux. Il ne s'était pas calmé depuis qu'il avait appris l'accident.

— Tu aurais vraiment dû m'appeler, dit-il à Cassie. Comment es-tu rentrée à la maison, d'ailleurs ?

Elle hésita.

C'était une simple question. Elle n'avait aucune raison de ne pas y répondre tout de suite – le groupe entier perçut ce léger blanc.

Adam se raidit et se tourna vers Nick, accusateur.

— Elle t'a téléphoné ? C'est toi qui l'as ramenée chez elle ?

Nick n'avait pas vu venir le coup, mais très vite, il adopta à son tour la posture agressive d'Adam :

— Non, mais j'aurais bien aimé.

— Arrêtez, tous les deux.

Elle n'avait pas le choix. Il fallait qu'elle leur dise la vérité.

— Je n'ai appelé personne.

Elle marqua un temps d'arrêt, car elle n'avait pas très envie de continuer. Elle baissa les yeux vers ses pieds. *Cours*, pensa-t-elle. *Fuis cet affreux moment.* Mais elle n'avait nulle part où se réfugier, et elle le savait pertinemment. D'une voix presque inaudible, elle avoua :

— Scarlett passait dans le coin par hasard, c'est elle qui m'a ramenée à la maison.

Adam secoua la tête, oubliant Nick, qui laissa tomber son air bravache, lui aussi. Diana, à la recherche d'un soutien, prit appui sur un arbre proche. Ils étaient sans voix, mais Faye n'eut aucun mal à trouver les mots pour exprimer ce que pensait le groupe tout entier :

— Mais bien sûr. Scarlett faisait justement un tour en voiture dans les environs et elle te trouve au milieu de nulle part. Quelle coïncidence formidable !

Cassie n'allait pas tolérer ça. Faye était la dernière personne à qui elle devait une explication. Elle fit un pas en avant, torse bombé.

— Pourquoi m'aurait-elle aidée si elle avait essayé de me tuer ?

— Tu es vraiment idiote de dire ça, décréta Deborah sans tenter de dissimuler son dégoût. Ça ne peut pas être une coïncidence.

— Elle n'est pas idiote, rectifia Diana. Elle est juste aveuglée. Elle veut voir le meilleur de Scarlett.

— Exactement. Et c'est complètement débile, insista Deborah.

— Non, dit Cassie. Scarlett est innocente, je le jure.

Diana la regarda avec une expression mêlant inquiétude et compassion.

— Je suis désolée, Cassie. Mais c'est trop suspect que Scarlett se soit précisément trouvée à l'endroit de l'accident hier soir. Ça ressemble à la preuve que nous cherchions depuis le début.

— C'est le directeur, cria Cassie. Je le sens dans mon corps.

Adam lui répondit avec douceur, d'un ton prudent.

— Nous n'avons pas réussi à dénicher quoi que ce soit de louche sur le nouveau principal. Il n'a rien à se reprocher, Cassie.

Même Adam refusait de la soutenir cette fois.

Elle aurait pu passer l'après-midi à le supplier, à *les* supplier, cela n'aurait servi à rien – ils étaient déjà tous bien décidés à ne pas la croire. Elle se tourna vers Nick, désespérément, jugeant qu'il était le seul à pouvoir se ranger de son côté. Mais il gardait un visage neutre, refusant de se rebeller contre la position générale.

Faye se leva et prit place au centre.

— Je propose que nous allions sur les docks après les cours pour dire un mot à Scarlett.

— Nous n'avons qu'à lui lancer la malédiction des chasseurs de sorciers, lança Deborah.

Diana rejoignit Faye, bras croisés, et hocha la tête.

— Je suis d'accord. Qui nous suit ?

Les mains se levèrent.

— Mais nous devrions organiser un Cercle complet pour le faire. Sans quoi nous risquons de ne pas être assez puissants.

Diana fixait Cassie du regard.

— Alors, sommes-nous au complet ou pas ?

Cassie se tourna vers Adam. Ses yeux, pleins d'amour et d'espoir, lui intimaient de leur faire confiance, de lui faire confiance. Et elle en avait envie, sincèrement.

— Cassie, intervint Nick. Si Scarlett n'est pas un chasseur, le sort ne fonctionnera pas sur elle. Ça pourrait être ta chance de nous prouver que tu as raison.

Il lui sourit gentiment en désignant Adam et Diana du menton.

— Et de prouver qu'ils ont tort.

— C'est vrai, dit Mélanie à Diana. Si nous jetons le sort sur Scarlett et qu'elle ne fait pas partie des chasseurs, alors elle saura ce que nous sommes.

— Je sais, affirma Diana avec confiance.

Cassie leva les yeux vers elle.

— Tu es tellement sûre de toi que tu es prête à dévoiler le Cercle à une fille de l'extérieur inoffensive et bien intentionnée.

— Effectivement, je n'ai pas de doute.

Diana regarda Cassie bien en face, sans colère ni haine, mais armée d'une conviction absolue.

— Alors vous pouvez compter sur moi, dit Cassie d'une voix atone, presque pour elle-même. Nous irons sur les docks tout à l'heure, après la fin des cours.

17

Le groupe suivait la côte pittoresque de La Nouvelle-Salem jusqu'aux docks où travaillait Scarlett. En chemin, Diana prit Cassie à part et la remercia de se joindre à eux. Elle déclara se sentir mal d'aller ainsi à l'encontre de ce que souhaitait Cassie, mais insista sur le fait que c'était pour le bien de tous.

Cassie se força à se montrer aimable et prétendit qu'elle comprenait. Quel intérêt de se confronter à Diana au point où ils en étaient ? De plus, comme l'avait dit Nick, ce face-à-face apporterait peut-être la preuve ultime que Scarlett était seulement une fille normale sans la moindre intention de nuire au Cercle. Et alors Cassie serait libre d'être son amie.

Ayant surpris la trêve apparente entre elles, Adam prit la main de Cassie. Il la tenait toujours lorsque Diana s'adressa au groupe.

— Est-ce que nous sommes bien clairs sur le plan ? demanda-t-elle.

Sa chevelure blonde scintillait au soleil, et elle avait la prestance d'un commandant en chef.

Les yeux de Deborah brillèrent, trahissant son envie d'en découdre.

— On l'entraîne dehors, on l'encercle et ensuite on lance la malédiction.

— Non, corrigea Adam. On l'encercle et on lui demande des comptes.

— Exactement, confirma Diana. Nous devons lui soutirer un maximum d'informations avant de passer à la malédiction.

Elle marqua un temps d'arrêt.

— Surtout qu'on ne sait pas vraiment à quoi s'attendre.

Cassie préférait ne pas penser à cette partie. Il n'y avait qu'un seul moyen pour elle de tenir jusqu'au bout : continuer à croire Scarlett.

— La voilà, avertit Laurel en désignant la sortie latérale du Bar à Huîtres. Elle doit faire une pause.

— Parfait, dit Faye.

De toute évidence, son sang bouillait d'excitation. Elle prit la tête du groupe et avança au pas de charge.

Scarlett les vit arriver presque aussitôt.

N'importe qui, remarquant une masse de douze personnes en colère approcher, aurait pu s'en alarmer, mais Scarlett leur adressa un grand sourire et un signe du bras, comme si elle avait besoin d'attirer leur attention.

— Elle bluffe, jugea Faye tandis qu'ils continuaient dans cette direction. Ne vous laissez pas avoir.

Mais elle aurait pu s'épargner cette mise en garde, car aucun d'entre eux n'hésita ni ne ralentit. Avant même que Scarlett puisse leur dire « bonjour », elle était cernée.

Finalement, elle commença à entrevoir qu'il se tramait quelque chose de bizarre.

— Que se passe-t-il ? demanda-t-elle à la cantonade, en essayant de repérer Cassie parmi ces gens hors d'haleine tout autour d'elle.

Les circonstances étaient idéales. Ils se trouvaient juste à côté du Bar à Huîtres, un endroit uniquement fréquenté par des commis qui de temps à autre venaient jusqu'aux poubelles. Scarlett était piégée. Personne ne l'entendrait même crier.

Seule Cassie pouvait la sauver désormais.

— Scarlett, commença celle-ci. Il faut que tu nous dises la vérité, sans quoi tu risques d'avoir des ennuis. Mes amis sont persuadés que tu es mêlée à mon accident de voiture. Je n'y crois pas. Mais il faut que tu leur prouves ton innocence.

Les yeux ronds de Scarlett s'adoucirent.

— C'est de ça que vous voulez me parler ? Évidemment que je n'ai rien à voir avec ton accident.

— Et le phare ?

Diana s'exprimait d'une voix grave. Cela ressemblait plus à une menace qu'à une question.

— Eh bien ? demanda Scarlett.

— Tu l'as réduit en cendres, cria Faye.

— Quoi ?

Scarlett commençait à paniquer.

— Pourquoi aurais-je fait une chose pareille ?

Son instinct de survie prit le relais. Cassie sut alors que le moment de vérité n'allait pas tarder.

Adam s'approcha d'elle.

— Avec qui travailles-tu ?

— Au Bar à Huîtres ?

Scarlett tremblait maintenant, comme un chat de gouttière acculé, prêt à se battre.

— Réponds à la question, reprit Diana. Avec qui travailles-tu ?

— Je ne vois pas de quoi vous voulez parler, s'écria Scarlett en se précipitant vers Cassie pour chercher de l'aide.

Le Cercle se refermait sur elle, empêchant toute sortie. Mais Faye comprit ce mouvement de Scarlett en direction de Cassie comme une menace directe et réagit promptement. Elle leva les mains et s'écria :

— Par le pouvoir de ce Cercle, j'en appelle à Hécate !

Dès cet instant, pour Cassie, le temps ralentit. Elle lut le choc sur le visage de Scarlett, la fureur dans les yeux de Faye. Elle entendit Diana crier : *Non, pas tout de suite !*

Mais rien ne pouvait arrêter Faye. Son invocation d'Hécate parut lui conférer des proportions gigantesques, comme si elle prenait l'apparence de la sinistre déesse en personne. Elle semblait mesurer deux mètres de haut, ses yeux couleur miel devinrent aussi noirs et brillants que des billes d'obsidienne. Elle lança la première partie de la malédiction à l'aide du pouvoir du tonnerre.

Maudit ce chasseur qui veut nous nuire
Que ces actes maléfiques soient sur lui trois fois pire !

Le ciel au-dessus des mains tendues de Faye se mit à rougeoyer, à tourbillonner en un nuage violent en forme d'entonnoir. Elle le canalisa, l'attira à elle et, du bout de ses doigts électrisés par la magie, en fit une boule de feu. Elle la passait d'une main à l'autre tandis que le Cercle scandait les mots latins appris par cœur – aussi énigmatiques et incompréhensibles fussent-ils – jusqu'à ce que Faye envoie la boule en direction de Scarlett comme une grosse pierre.

Là, Scarlett les stupéfia tous. D'un mouvement souple, elle enserra le projectile entre ses paumes et le fit éclater :

— Qu'il n'en soit rien ! lança-t-elle.

Il s'agissait du plus classique des sortilèges de défense.

En quelques secondes, Faye retrouva sa taille normale et s'écroula sur le sol. L'ouverture dans le ciel se referma, la lumière du jour revint.

— Comment connais-tu le sortilège de défense ? demanda Cassie.

À l'instant où la question franchissait ses lèvres, elle sut qu'il ne pouvait y avoir qu'une seule explication. Scarlett n'était pas une chasseuse de sorciers. Elle était une sorcière, comme eux.

Deborah et Suzan coururent auprès de Faye pour voir si elle allait bien. Lentement, elles la remirent sur pied. Elle semblait sonnée et titubait.

Scarlett se tourna vers Cassie. Ses yeux sombres brillaient sous l'effet du sort qu'elle venait de lancer.

— Je suis désolée que tu l'aies découvert de cette manière.

Adam fit un pas en avant, abasourdi.

— Tu es une sorcière ?

Scarlett opina et se tourna à nouveau vers Cassie.

— Je voulais vous le révéler depuis le jour de notre rencontre.

— Pourquoi ne pas l'avoir fait ? demanda Diana.

— J'attendais le bon moment, dit Scarlett.

— Tu es une sorcière ? demanda Cassie en reprenant mot pour mot la phrase et le ton éberlué d'Adam.

— Et pas n'importe laquelle, précisa Scarlett avec un sourire timide. Je suis ta demi-sœur.

— Quoi ?

Cassie avait du mal à respirer.

— Comment est-ce possible ?

— Nous avons le même père. Black John.

Scarlett observa le choc sur chacun de leurs visages.

— Je suis venue ici dans l'espoir d'échapper aux chasseurs, comme vous en ce moment. Là où je vivais, nous avons été découverts.

Elle s'adressa à Diana, dont elle devinait qu'elle était le leader du coven.

— Les chasseurs ont tué ma mère. Et ils m'ont marquée. Je suis venue chercher protection auprès du Cercle.

— Alors tu savais qui nous étions, dit Mélanie.

— Oui.

Scarlett prit les deux mains de Cassie dans les siennes.

— Ma mère a grandi ici, dans cette ville. Toute ma vie, j'ai su que j'avais une sœur et j'ai eu envie de la rencontrer.

C'était presque plus que ne pouvait le supporter Cassie. Le monde entier se mit à tourner autour d'elle, elle se crut au beau milieu d'un rêve, mais soudain Diana prit la parole, ce qui la tira subitement de sa torpeur.

— Donc, Cassie avait raison depuis le début.

Elle posa ses mains fines sur l'épaule de Cassie et sur celle de Scarlett.

— Je vous prie d'accepter mes excuses. Nos excuses. Toutes les deux. Nous aurions dû avoir davantage foi en vous.

— Acceptées, répondit Scarlett en souriant.

Mais la voix rauque de Faye pulvérisa le sentimentalisme ambiant. Apparemment, elle avait repris des forces.

— Comment savoir que tu ne mens pas, Scarlett ? Quelle preuve as-tu pour soutenir tes affirmations ?

Deborah répondit à la place de Scarlett et du groupe tout entier :

— Le fait qu'elle t'ait mis K.-O. et que tu te sois retrouvée sur les fesses, ça me suffit, moi, comme preuve.

— Moi aussi, renchérit Suzan en riant.

Faye eut un sourire en coin.

— Je parlais de ses liens du sang avec Cassie.

— Elle dit la vérité, intervint celle-ci. Je crois qu'au fond de moi, je le savais depuis le début.

Diana se tourna vers Faye.

— Il est temps de faire confiance à Cassie là-dessus. Visiblement, son don de double vue n'était pas obscurci, après tout.

L'un après l'autre, ils présentèrent leurs excuses à Scarlett. Même Mélanie, qui avait voulu croire si fort que Scarlett était responsable de la mort de sa grand-tante Constance, mit de côté son désir de vengeance et lui serra la main.

— Nous nous sommes trompés sur ton compte. Je suis désolée.

C'était bien peu, si l'on considérait qu'ils venaient de tenter de la tuer, mais c'était tout ce qu'ils pouvaient dire.

Les excuses s'adressaient également à Cassie. Mais elle n'en avait pas besoin : elle avait eu raison. Elle savait qu'il y avait un lien entre Scarlett et elle, elle l'aurait juré ! Quel soulagement de découvrir la vérité, enfin !

Adam semblait aussi content qu'elle. Il s'approcha et la serra dans ses bras.

— Je n'aurais jamais dû douter de toi.

— Ce n'est rien. Tu t'en souviendras, la prochaine fois.

Elle se blottit contre lui et surprit Nick, qui les observait. Il avait été le seul à la soutenir quand tous les autres étaient persuadés que Scarlett était maléfique. Il faudrait qu'elle pense à le remercier plus tard, quand ils auraient un moment tous les deux en tête à tête.

18

Cassie avait toujours rêvé d'avoir une sœur, quelqu'un à qui se confier, avec qui partager ses secrets, quelqu'un qui la soutiendrait, quoi qu'il arrive. Diana et elle s'étaient juré d'être comme des sœurs, des sœurs qu'elles n'avaient ni l'une ni l'autre. Mais ça n'allait plus si bien ces temps-ci, du moins pas aussi bien qu'elles l'auraient cru. Et maintenant, voilà qu'elle avait une véritable sœur. Enfin, une demi-sœur, mais quand même, Scarlett existait bel et bien. Cassie n'était plus fille unique.

Ce soir-là, elle invita Scarlett à dormir chez elle. Elle éprouvait un besoin impérieux de tout découvrir sur elle au plus vite. Il ne s'agissait pas de l'interroger sur ce qu'elle savait de leur père et des chasseurs de sorciers, bien que ce fût important aussi, bien sûr, mais de lui poser des questions sur elle, tout simplement. Scarlett aurait bien le temps de partager ses connaissances sur les chasseurs avec le Cercle plus tard. Ce soir, il n'y avait qu'elles deux. Elles méritaient au moins ça.

La mère de Cassie était partie à Cape Cod rendre visite à des amis, les filles avaient donc la maison pour elles toutes seules. Cassie était soulagée, car elle ne voyait pas trop comment aborder le sujet de Scarlett avec sa mère. Comment mettre ce genre de conversations sur la table, pour commencer ? « Maman, au fait, l'amour de ta vie, celui qui finalement était le mal incarné ? Figure-toi qu'il a eu un autre enfant. » Surtout avec une mère comme la sienne qui préférait faire comme si le passé n'avait jamais existé. Elle était du style à s'enfoncer la tête dans le sable comme une autruche et elle aurait vécu comme ça jusqu'à la fin de ses jours si elle avait pu. Le fait de découvrir que Cassie avait une demi-sœur, et pire, que son mari avait eu un enfant avec une autre femme, serait sûrement plus qu'elle ne pourrait supporter. Cassie allait devoir préparer le terrain très en amont avant de faire subir un tel choc à sa mère.

Mais ce soir, elles pouvaient être sœurs, tout simplement. Immédiatement, Cassie se sentit d'humeur espiègle, comme si Scarlett et elle tentaient de compenser cette enfance qu'elles n'avaient pas partagée. Les premières heures ressemblèrent à toutes les soirées pyjama du monde : elles commandèrent une pizza au poivron en riant trop fort, elles se vernirent les ongles de pied en violet à paillettes et se gavèrent de sundaes au chocolat à s'en faire mal au ventre.

Puis elles se mirent en pyjama. Scarlett fit un chignon des deux tresses entremêlées de Cassie et celle-ci brossa les longues boucles rouges de Scarlett et ne put s'empêcher de demander :

— Si tu ne te teignais pas les cheveux, ils seraient de la même couleur que les miens ?

— Eh oui. Regarde nos sourcils, ils sont du même brun.

— Et nos nez ont la même forme.

— C'est vrai. Nous avons toutes les deux un joli nez parfait.

— Est-ce que tu détestes les petits pois ? demanda Cassie, de façon assez ridicule.

— Oui, mais je ne pense pas que ce soit génétique.

— Ah ça, on ne peut pas savoir, dit Cassie en partant dans un grand fou rire. Moi je déteste tellement ça, je te jure, ça doit être dans mon ADN.

Scarlett se mit à rire à son tour.

Une soirée pyjama en compagnie de Scarlett n'avait rien à voir avec celles qu'elle avait pu passer avec Diana. Celle-ci se comportait toujours en adulte responsable. Elle se lâchait rarement. En revanche, jouer les idiotes ne posait pas de problème à Scarlett. Bien qu'étant une sorcière, elle ne se comportait pas toujours comme telle. Et malgré l'innommable tragédie qu'elle avait vécue, elle n'était pas engluée dans la tristesse. Avant toute chose, Scarlett était une fille qui voulait s'amuser, et ce fut, pour Cassie, comme un grand bol d'air frais bien nécessaire.

Elles discutèrent jusque tard dans la nuit. Le monde extérieur se fit un peu plus tranquille, un peu plus ralenti puis totalement silencieux, et pendant ce temps, Cassie et Scarlett continuèrent à échanger des histoires. Et, au fil des heures, elles abordèrent des sujets de plus en plus essentiels. À voix basse, Scarlett combla les blancs dans l'histoire familiale de Cassie.

— J'avais deviné que j'étais différente. Avant même de savoir que j'étais une sorcière.

— Je sais exactement ce que tu veux dire, crois-moi.

Cassie remonta ses genoux vers sa poitrine.

— Je ne me suis jamais sentie à l'aise nulle part. J'avais l'impression d'être un monstre.

— Et puis il y avait les rêves et les cauchemars, renchérit Scarlett.

Cassie hocha la tête.

— Les cauchemars, surtout.

— Il se passait des trucs super bizarres chaque fois que j'étais en colère.

La voix de Scarlett monta un peu.

— C'est à ce moment-là que je l'ai découvert.

Cassie hocha la tête plus vite. Les similarités entre elles étaient troublantes. Elle eut envie de lui parler de la noirceur qu'elle sentait en elle parfois. Non seulement les mauvais pressentiments qu'elle avait à propos des gens, comme le nouveau directeur, par exemple, mais également l'autre noirceur. Celle tout au fond d'elle dont elle s'avouait à peine l'existence. Scarlett la percevait-elle aussi ? Craignait-elle qu'une part sinistre de Black John ne soit tapie dans son âme, l'infectant, l'encrassant comme un poumon de fumeur cancéreux ? Mais avant qu'elle parvienne à rassembler le courage pour poser une question pareille, le visage rond de Scarlett devint terriblement sérieux.

— Et la première fois que j'ai touché une hématite. La sensation dans ma poitrine…

— Je sais ! s'écria Cassie. Moi aussi !

— C'est mon cristal.

— Moi aussi.

Scarlett eut un sourire entendu, comme si elle s'en était doutée.

— C'est extrêmement rare, tu sais, d'avoir l'hématite pour cristal.

Cassie détourna le regard un instant, honteuse... avant de se souvenir qu'elle n'avait pas à être gênée de son lien avec Black John, du moins pas avec Scarlett.

Celle-ci l'observait avec patience.

— Ne t'inquiète pas, je sais que ça fait beaucoup de choses à digérer.

Elle le sent, pensa Cassie. Scarlett comprenait la mortification associée à son secret le plus profond. Elle aussi percevait en elle cette noirceur latente.

Un silence s'installa brièvement, Cassie sut tout de suite que c'était sa chance de l'interroger sur leur père.

— C'est à cause de lui que l'hématite fonctionne pour nous deux. Non ?

Scarlett opina.

— Je dirais que ça doit être la principale raison.

— Tu l'as connu ? demanda Cassie, évitant ainsi de prononcer le nom de leur père.

Scarlett fit non de la tête.

— Non. Mais ma mère m'a raconté des histoires. Pas la tienne ?

Cassie rougit, honteuse que sa mère soit prise en défaut de la sorte.

— Pas vraiment.

— Nos mères étaient les meilleures amies du monde étant jeunes, expliqua Scarlett. Tu le savais ?

Cassie fouilla dans sa mémoire pour tenter de se souvenir si sa mère avait évoqué des amis d'autrefois, en vain.

— Non, dit-elle, déçue. Je ne connais pas grand-chose, s'agissant de son passé.

— Bon, voilà, elles étaient meilleures amies, répéta Scarlett d'un ton neutre. Jusqu'à ce que Black John s'interpose entre elles. Ta mère l'a piqué à la mienne. C'est pour cette raison que nous avons quitté la ville.

— Je l'ignorais.

Le cœur de Cassie se serra un peu à cause de cette facette inconnue de sa mère, mais aussi parce qu'elle pensa soudain à Diana et Nick, à Adam et elle et à la manière dont leur couple en avait brisé deux. Son amitié avec Diana pourrait-elle continuer ainsi ou le destin les séparerait-il, comme sa mère et son amie ?

Scarlett remarqua le changement de disposition de Cassie.

— Je t'ai blessée ? Peut-être que je t'en raconte trop et trop tôt.

— Non, ne dis pas de bêtises.

Cassie se força à se détendre et à oublier Adam et les autres pour le moment.

— Je veux tout savoir. Ne me cache rien, je t'en prie.

Scarlett fit une moue et l'observa d'un air sceptique.

— Nous avons la vie devant nous pour rattraper le temps perdu, tu sais. On n'est pas obligées de tout faire en une nuit.

Cette idée se révéla incroyablement rassurante. *La vie devant elles.* Elles pouvaient repartir dans leurs fous rires, leurs délires et remettre les choses sérieuses au lendemain. Pourtant, Cassie avait attendu cette occasion depuis trop longtemps pour la repousser maintenant. Elle avait besoin de savoir la vérité, sur tout.

— Dis-m'en plus, insista-t-elle. Ça va aller.

— D'accord.

Scarlett prit la main de Cassie, la serra. Cassie baissa les yeux vers leurs doigts entremêlés. C'était comme si elle pouvait réellement voir le lien qui unissait leurs mains. *Exactement comme avec Adam*, pensa-t-elle. Scarlett et elle étaient liées. Elles étaient destinées l'une à l'autre. Cela expliquait tout ce qu'elle avait ressenti depuis l'instant où elle avait posé les yeux sur elle et pourquoi elle avait tenu à s'opposer au Cercle tout entier pour prendre sa défense et la protéger.

Si Scarlett vit ce lien, elle ne le mentionna pas. Elle continua de parler comme si de rien n'était, tout en massant la main de Cassie.

— Je n'oublierai jamais le jour où ma mère m'a appris que j'avais une sœur, raconta Scarlett. Ça a tout changé pour moi. Je savais qu'un jour, je te retrouverais. Et tu vois, j'avais raison.

Elle attendit un moment, scruta le visage de Cassie et ajouta :

— Je ne comprends pas pourquoi ta mère ne t'en a jamais parlé.

Brusquement, ce fut comme une révélation pour Cassie. Elle retira sa main.

— Attends un peu. Ma mère était au courant de ton existence ?

— Évidemment.

La voix de Scarlett s'était teintée d'un léger accent scandalisé.

— Ils étaient encore tous à La Nouvelle-Salem quand nous sommes nées.

Cassie repensa à la conversation qu'elle avait récemment eue avec sa mère : celle-ci l'avait regardée droit dans les yeux et lui avait juré avoir dit toute la vérité à propos de son père. *J'ai adoré être toute à lui comme lui était tout à moi*, lui avait-elle confié. Mais c'était un mensonge. Sa mère savait qu'il était avec quelqu'un d'autre.

— Comment a-t-elle pu me cacher que j'avais une sœur ? s'indigna Cassie à voix haute.

Un nouveau fossé venait d'apparaître entre sa mère et elle – un fossé qui pour l'heure semblait infranchissable. Toute son enfance et son adolescence avaient été jalonnées de mensonges – cet état de fait avait été révélé lors de leur emménagement à La Nouvelle-Salem, lorsque Cassie avait découvert qu'elle était une sorcière. Mais elle avait finalement compris et accepté la stratégie de camouflage établie par sa mère dans l'espoir de la protéger. Et voilà qu'elle apprenait que même leurs conversations les plus récentes étaient empoisonnées par la duplicité. Sa mère continuait de lui mentir. Cassie ne s'était jamais sentie aussi fâchée contre elle.

— Elle aurait dû t'en parler, dit Scarlett. Je me demande ce qu'elle t'a caché d'autre.

Cassie prit conscience que Scarlett avait absolument raison. Si sa mère pouvait mentir sur l'existence d'une sœur, elle pouvait mentir sur n'importe quoi. Elle décida aussitôt de ne pas lui raconter sa rencontre avec Scarlett. Sa mère n'avait rien fait pour mériter sa franchise.

Heureusement, à présent que Cassie avait une sœur, tout serait différent. Tout irait mieux. Si elles terminaient toutes les deux contre le reste du monde, eh bien tant pis. Elles resteraient inséparables, c'était la seule chose dont Cassie pouvait être certaine désormais.

— Scarlett, dit-elle en sentant son cœur déborder d'amour et d'affection. Maintenant que tu es là, j'ai enfin l'impression d'être chez moi.

— Moi aussi, fit Scarlett, une étincelle dans ses yeux sombres. Je n'ai jamais été plus sûre de quelque chose. Ma place est ici.

19

— Latte ou cappuccino ? demanda Adam, au comptoir du café.

— Fais-moi la surprise, répondit Cassie qui le regarda ensuite s'adresser à la serveuse, commander, compter son argent.

Pendant un instant, elle fit comme si elle ne le connaissait pas, s'imaginant un inconnu croisé pour la première fois. Elle détailla sa mâchoire bien dessinée, ses larges épaules, ses boucles auburn. Oui, pensa-t-elle. Ce serait toujours le coup de foudre, pas de doute.

Leur relation était repartie de plus belle. La semaine suivant la confrontation avec Scarlett aux docks avait été romantique, enthousiasmante, comme au premier jour. Ses baisers la faisaient frissonner de ce plaisir, de cette excitation familière, de cet amour si total, du corps et de l'âme, qu'elle savait réciproque.

Depuis que la vérité avait éclaté à propos de Scarlett, Adam était redevenu Adam et Cassie était redevenue Cassie, mais elle était beaucoup plus heureuse et sûre d'elle.

Il vint s'installer à la table et y déposa un moka glacé surmonté de crème fouettée, accompagné d'un énorme cookie aux pépites de chocolat.

— Tu m'as demandé une surprise.

— Tu veux que je meure d'une overdose de sucre ou quoi ?

— Pas une overdose, juste te faire planer un peu, c'est comme ça que je te préfère.

Il enfonça un doigt dans la chantilly pour goûter.

Elle jeta un coup d'œil vers la porte, mais la fille qui entrait n'était pas Scarlett.

Adam rit.

— Elle n'a que quelques minutes de retard, détends-toi.

— Je sais.

Cassie cassa un morceau du biscuit et le glissa dans sa bouche, tandis qu'Adam s'attaquait à nouveau à la crème. Elle détourna le regard, pour ne pas être surprise à le fixer en train de se lécher les doigts.

— Tu préfères que je vous laisse en tête à tête, mon moka glacé et toi ? demanda-t-elle.

Il rougit et repoussa le verre dans sa direction. Il s'essuya la bouche et tenta de prendre un air sérieux.

— Je suis vraiment content pour toi, dit-il. Scarlett est super. Ça se voit que vous êtes de la même famille.

— J'ai essayé de te le faire comprendre.

— Je sais. Et je n'ai jamais été aussi ravi de reconnaître que je m'étais trompé.

— Eh bien tu vas pouvoir le dire à Scarlett en personne, si elle finit par arriver.

Après un nouveau coup d'œil en direction de la porte, elle but une gorgée.

— Ça commence à m'inquiéter, qu'elle ne soit pas encore là. Je vais l'appeler.

Mais Scarlett ne répondit pas, ce qui la préoccupa d'autant plus.

— J'ai un mauvais pressentiment, lâcha-t-elle.

Elle savait qu'Adam la prendrait au sérieux si elle formulait les choses ainsi.

— Alors nous ferions bien d'aller au bed and breakfast pour voir si elle y est.

Il se leva sans perdre de temps. C'était exactement ce que Cassie attendait de lui. Parfois, sa prévisibilité, c'était ce qu'elle préférait chez Adam.

L'endroit où logeait Scarlett était une bâtisse de l'époque géorgienne non loin d'Old Town Square. C'était l'un des plus beaux B&B historiques de La Nouvelle-Salem, qui appartenait à un vieil homme que Cassie connaissait de vue. Elle avait l'habitude de le voir déambuler en ville accompagné de ses trois loulous de Poméranie. De temps à autre quand elle le croisait, elle caressait un des chiens, mais elle n'avait jamais adressé la parole à leur maître. C'est lui qui leur ouvrit, les chiens jappant et sautant autour de ses jambes.

Cassie et Adam se présentèrent, et le vieil homme imposa le silence à ses chiens. Une fois à l'intérieur, en bafouillant un peu, Cassie se lança :

— Désolée de vous déranger, mais ma sœur, Scarlett, séjourne ici. Nous voudrions savoir si elle est dans sa chambre.

C'était la première fois qu'elle prononçait ces mots : ma sœur. Quelle joie de les utiliser, cependant ils lui étaient si étrangers qu'elle avait l'impression de mentir.

L'homme hocha la tête et frotta son menton hérissé d'un poil de barbe argenté.

— Oui, oui, Scarlett, avec les cheveux fous, confirma-t-il.

— Alors elle est là ?

Elle fut brièvement soulagée.

— Non, répondit-il. Elle s'est absentée, depuis hier.

Adam, remarquant la panique dans les yeux de Cassie, le pressa pour davantage d'informations :

— Vous êtes sûr ? Elle n'est pas rentrée hier soir ? Même pas pour dormir ?

— Non, elle n'est pas rentrée, répéta l'homme en se redressant. Mais cela ne vous regarde pas. Elle a droit à son intimité, tout de même.

Ses yeux ricochèrent d'Adam à Cassie, puis il souleva ses sourcils blancs.

— Je suis désolé, mais je vais devoir vous demander de partir. Je ne peux pas divulguer d'informations sur mes hôtes, et le fait que vous soyez des gamins n'y change rien.

— Bien sûr, dit Adam. Nous comprenons. Merci de votre aide.

Il laissa son numéro de téléphone pour qu'ils puissent être joints au cas où Scarlett reviendrait, ou s'il avait de ses nouvelles.

De retour en voiture, Cassie se tourna vers Adam.

— Maintenant, je suis folle d'inquiétude. Qu'est-ce qu'on fait ?

Il se concentra sur sa conduite.

— Nous devrions attendre un peu, dit-il calmement. Nous ne savons pas si elle a des ennuis. Elle pourrait juste être partie faire un tour.

— Faire un tour ? s'exclama-t-elle, exaspérée. Si c'était le cas, elle serait venue au rendez-vous comme prévu, ou au moins elle aurait répondu au téléphone.

— Cassie.

Il semblait choisir ses mots avec soin.

— Essaye de te souvenir que nous n'en savons pas très long sur Scarlett. Elle pourrait être allée rendre visite à des amis et avoir oublié de t'appeler.

— Alors tu crois qu'elle pourrait poser un lapin à sa nouvelle sœur ?

— Ce n'est pas ce que je dis.

— Tu la prends pour un genre de dingue. Tout ça parce qu'elle n'est pas aussi coincée que vous tous.

— *Vous* tous ?

Il agrippa le volant et immobilisa la voiture.

— Tu veux dire nous, le Cercle ? Pourquoi tu insistes toujours pour te considérer comme en dehors du groupe ? Je ne comprends pas, Cassie.

Trop de sentiments assaillaient Cassie à la fois pour qu'elle arrive à bien les analyser. Mais voilà qu'Adam et elle étaient repartis dans cette dispute qui revenait sans cesse. Elle en avait assez qu'il essaye de la raisonner, de lui faire oublier ce qu'elle ressentait.

— Je ne me sens pas en dehors. Mais je ne sais pas ce qu'il te faut de plus pour accepter Scarlett. C'est ma sœur, Adam.

— Je sais, dit-il en reprenant la route de Crowhaven Road, en direction de chez elle. Je ne sous-entendais rien en disant qu'elle n'avait pas forcément des ennuis. Tu te rends compte à quelle vitesse tu es arrivée à cette conclusion ?

Elle ne voulait pas l'admettre, mais cela ne lui avait pas échappé. Elle garda le silence jusqu'à ce qu'ils se garent devant sa maison.

— Je crois que je suis juste un peu troublée, avoua-t-elle finalement.

— On attend encore cette nuit. Si tu n'as pas de nouvelles, je te promets que dès demain matin, on part à sa recherche avec le groupe.

— D'accord.

Cassie déposa un baiser sur la joue d'Adam, sans l'inviter à entrer.

Cette nuit-là, elle fit un rêve. Elle était en train de se faire bronzer sur la plage, l'été, avec l'océan et les mouettes en fond sonore, quand soudain elle entendit un cri. Un appel à l'aide à glacer le sang, qui ressemblait énormément à celui poussé par Mélanie le soir où Constance avait été tuée à la fête. Dans ce rêve, Cassie ouvrait les yeux et se découvrait, non plus sur une plage ensoleillée, mais dans un champ ou une prairie, au milieu de la nuit. Et le ciel, au-dessus d'elle, était désormais noirâtre, comme une étendue d'eau polluée.

L'appel devenait plus fort. Elle crut qu'il provenait d'une maison dans l'ombre au loin. C'était, à n'en pas douter, la voix de Scarlett, mais Cassie ne pouvait pas la rejoindre. En fait, elle était totalement paralysée.

Scarlett ! hurla Cassie dans son rêve. *Je t'entends !*

Tout était si net qu'elle était persuadée que c'était réel.

Le lien fonctionne, répondit Scarlett, soulagée, mais toujours terrifiée.

Où es-tu ? demanda Cassie.

Je l'ignore ! Les chasseurs me retiennent prisonnière. Ils me torturent, ils étudient mes pouvoirs. Aide-moi, je t'en prie !

Essaie de rester calme, dit Cassie. *Réfléchis, est-ce qu'il y a un indice qui pourrait nous mener à l'endroit où tu te trouves ?*

Aide-moi, Cassie. S'il te plaît, fais vite. Je crois qu'ils ne vont pas tarder à me tuer.

Non ! Cassie la perdait, le lien disparaissait. *Scarlett, tu m'entends ? Nous allons réussir à te trouver, je te le promets. Scarlett ? Tiens bon. Nous allons te sauver !*

Cassie s'assit d'un coup sur son lit. Elle était complètement réveillée cette fois, dans sa chambre, et seule face à ses meubles en acajou. Elle entendait sa mère ronfler au bout du couloir. Tout était tel que ce devrait être.

Il était trois heures du matin. Adam lui avait demandé d'attendre une nuit. Et si Scarlett ne tenait pas jusqu'au matin ? Il fallait qu'elle l'appelle.

En tremblant, elle composa son numéro et à l'instant où il décrocha, elle dit :

— Scarlett a été kidnappée.

— Quoi ? fit Adam, ensommeillé et confus.

— Je l'ai vue en rêve. Mais ce n'était pas un rêve. Elle est venue à moi, Adam. Nous avons communiqué.

— Tu es sûre ?

— Je n'ai jamais été aussi sûre de quelque chose. C'est les chasseurs. Ils la retiennent.

— OK, souffla-t-il avant de s'éclaircir la gorge. J'appelle les autres. Où est-ce qu'on se retrouve ?

— Derrière chez moi, sur le promontoire. On ne peut pas prendre le risque de réveiller ma mère.

— Compris. J'arrive.

— Adam, encore une chose.

Elle avait du mal à trouver les mots pour exprimer sa gratitude de l'avoir à ses côtés dans un moment comme celui-là.

— Je t'aime.

Elle l'entendit presque sourire.

— Je t'aime aussi.

20

Faye, Deborah et Suzan furent les dernières à arriver sur la falaise. Elles approchèrent d'un pas traînant, l'œil vague, les cheveux hirsutes et pas assez habillées pour la froideur d'avant l'aube.

— Elles étaient sorties faire la fête, expliqua Adam en les voyant arriver. Et apparemment, la fête continue…

— Bon, c'est quoi l'urgence, là ? lança Faye d'une voix bien trop forte. J'espère que c'est du lourd. Vous avez une idée de l'heure ?

— Baisse d'un ton ! siffla Mélanie.

Faye éclata de rire et lui donna une tape sur l'épaule.

— Laurel et toi, vous n'êtes pas les seules à vous intéresser à l'herboristerie.

Elle tira une pipette de sa poche.

— Tu veux goûter ? Cent pour cent naturel.

Le visage de Mélanie se durcit.

— Ce n'est pas le moment. Les chasseurs retiennent Scarlett.

Faye rangea sa pipette.

— J'imagine que c'est non, donc.

Cassie choisit d'ignorer Faye, Deborah et Suzan pour s'adresser seulement aux autres, qui eux étaient capables de se concentrer.

— Scarlett ne sait pas où elle se trouve, résuma-t-elle. Mais elle a peur qu'ils la tuent.

Elle décrivit son rêve en détail, expliquant que les chasseurs retenaient sa sœur captive, qu'ils la torturaient et étudiaient ses pouvoirs, et que Scarlett avait supplié Cassie de venir la sauver.

— Que devons-nous faire ? demanda Adam à Diana, mais ce fut Cassie qui répondit.

— Il faut qu'on découvre où ils l'ont enfermée. On peut se servir du sort de localisation que Constance nous a appris.

— Oui ! s'écria Faye en fixant la lune, comme si celle-ci s'adressait à elle. On va se servir de la magie !

— Pas si vite, fit Diana en serrant les lèvres. Nous allons devoir agir avec la plus grande prudence.

— Rabat-joie, répliqua Faye.

— Ce que nous avons fait sur les docks, c'était une exception, déclara Diana avec fermeté. En utilisant la magie, nous prenons des risques. Et si c'était un piège pour aider les chasseurs à savoir qui nous sommes ?

— Je n'en ai rien à faire, répondit Cassie du tac au tac.

Tout le monde tourna la tête vers elle, stupéfait par sa réaction.

— Ma sœur est en danger, poursuivit-elle sans se laisser démonter. Ça vaut le coup de prendre le risque.

Deborah fut la première à rompre le silence avec un ricanement sonore.

— Ce n'est pas toi qui décides, princesse.

Cassie fut prise d'une envie de hurler, une fois encore, mais elle se retint et déclara simplement :

— En tant que membre des leaders de ce Cercle, si, c'est en partie moi qui décide.

— Quand est-ce que tu vas comprendre ? cria Faye. Tes petites exigences ne doivent pas passer avant le Cercle.

— On ne peut pas parler d'un caprice de ma part, Faye. Scarlett est torturée. Ils vont sûrement la tuer.

— Mais tu ne vois aucun problème à ce que nous soyons tous tués en essayant de la sauver.

Faye lui tourna le dos avec dédain, envoyant ses longs cheveux noirs dans sa direction.

— Tu es vraiment égoïste.

— C'est moi l'égoïste ? rétorqua Cassie. Tu peux parler, il n'y a pas pire que toi dans ce domaine !

— OK, ça suffit, dit Diana de sa voix claire et autoritaire pour les rappeler à l'ordre.

Adam plaça une main dans le dos de Cassie pour la calmer.

— Il doit y avoir un moyen pour lancer ce sort sans que les chasseurs le repèrent.

Tout le monde prit un moment pour réfléchir, mais Cassie ne comprenait pas pourquoi il leur fallait délibérer autant. Une sensation de chaleur l'envahit – elle ne venait pas de l'extérieur, car le promontoire restait froid et venteux, mais de tout au fond d'elle, de son ventre où bouillonnait une colère brûlante.

Ça n'est pas possible, pensa-t-elle. Elle allait devoir trouver Scarlett toute seule.

Soudain, Adam se leva de la bûche sur laquelle il était assis.

— On n'a qu'à le faire dans un endroit bondé, suggéra-t-il.

Personne ne réagit, mais il affichait un air ravi et sa respiration s'était accélérée.

— Vous ne comprenez pas ? Si on fait ça au milieu d'une foule, les chasseurs auront du mal à repérer la source de la magie.

— Alors ça, mon pote, c'est génial, s'exclama Chris en venant taper dans la main d'Adam.

Les yeux gris de Mélanie s'écarquillèrent.

— Mais oui, ça pourrait carrément marcher. On pourrait faire ça pendant un événement au lycée.

— Sous les gradins, proposa Laurel. Pendant la compétition d'athlétisme qui a lieu après les cours aujourd'hui.

Cassie se jeta au cou d'Adam et le serra fort.

— C'est pour ça que je t'aime, dit-elle. Tu as toujours des idées géniales.

Les yeux d'Adam irradiaient d'une lueur bleue enchantée.

— C'est pour ça ?

Il se mit à rire et reprit :

— OK, donc, voilà notre plan : cet après-midi, sort de localisation.

— Nous devrions quand même voter, intervint Diana brusquement.

Faye eut un sourire narquois.

— Tu as vraiment l'art de doucher les ardeurs, D.

— C'est bien normal que chacun puisse avoir son mot à dire là-dessus, insista Diana. De plus, il faut garder à l'esprit que retrouver Scarlett n'est que le début.

Elle observa Cassie un instant.

— Il y aura un autre vote pour décider ce que nous entreprendrons ensuite.

Aussitôt, sans pouvoir s'en empêcher, Cassie s'en prit à elle.

— Tu ne comprends pas qu'ils vont la tuer ? Elle est de ma famille. Ça ne compte pas pour toi ?

Les lèvres de Diana s'entrouvrirent sans qu'aucun son ne sorte. Elle scruta les yeux de Cassie comme si elle y cherchait quelque chose qu'elle aurait perdu.

La colère de Cassie n'était pas uniquement dirigée contre Diana, mais c'était tout comme. Elle lui avait quasiment hurlé à la figure. Ce n'était pas des manières, mais elle ne voyait vraiment pas comment on pouvait s'accorder le temps d'analyser la situation froidement et d'établir des stratégies méticuleuses. La vie de Scarlett était en jeu.

Diana resta encore quelques secondes à observer son amie en silence avec son air ébahi puis se détourna.

— Nous nous égarons, déclara-t-elle. Nous ne sommes même pas certains que le sort de localisation fonctionnera.

Adam vint se placer tout près de Cassie et glissa un bras autour d'elle.

— Mais nous allons essayer. Nous sommes tous d'accord ?

Tous hochèrent la tête.

Adam se montrait tellement bon avec elle. C'était déjà quelque chose que le groupe accepte de tenter le sort, pourtant cela ne suffisait pas à consoler Cassie. Ces votes, ces plans… c'était une perte de temps. À ce rythme, ils ne retrouveraient jamais Scarlett en vie.

21

Cassie rentra déjeuner chez elle pour revoir toutes les notes qu'elle avait prises lorsque Constance leur avait expliqué comment réussir ce sort de localisation. Puisqu'elle ne l'avait jamais pratiqué, les détails de son fonctionnement étaient assez flous dans sa mémoire. Elle avait quelques pages d'indications, mais d'après ce qu'elle comprenait, le sort visait à mettre la main sur des objets perdus. Nulle part il n'était écrit qu'il permettait de retrouver des disparus.

À cet instant, on frappa à sa porte. C'était Adam ; elle aurait dû s'en douter.

— Je pensais te trouver là, dit-il en la suivant jusqu'à sa chambre.

— Je n'essaie pas d'éviter le Cercle. Je voulais réviser un peu.

— Je sais. De toute façon, tu es tranquille, tout le monde est rentré chercher des trucs pour ce soir.

Il se laissa tomber sur le lit et lui fit signe de le rejoindre.

Croyait-il vraiment que c'était le moment de prendre du bon temps ? Elle s'assit à côté de lui, en posant ses notes entre eux.

— Est-ce que tu crois qu'il peut marcher pour retrouver une personne ? demanda-t-elle. Ça m'avait échappé, mais en fait, il sert plutôt à chercher des clés de voiture.

Adam prit les feuilles et les déposa sur la table de chevet.

— Ce n'est pas garanti, c'est vrai, répondit-il. Mais il est aussi possible qu'il fonctionne. Ce sortilège permet de localiser une personne si celle-ci le souhaite vraiment.

Elle sentit ses épaules se détendre un peu. Il n'y avait aucun doute : Scarlett voulait qu'on la trouve.

— Et si les chasseurs font obstacle ?

Il eut un froncement de sourcils compatissant.

— Ça pourrait être un problème. Mais à mon avis, ils veulent qu'on remonte leur piste, parce qu'ils nous attendent de pied ferme.

Le remords apparut dans ses yeux.

— Ils doivent forcément avoir une raison pour maintenir Scarlett en vie, Cassie. Sans quoi ils l'auraient tuée tout de suite. Nous la trouverons. Je te le promets.

Elle savait qu'il avait raison. Elle l'embrassa doucement sur la joue.

— Je ne sais pas comment je pourrais traverser tout ça sans toi.

— Heureusement, tu n'as pas à le faire, dit-il avant de se pencher pour l'embrasser.

Pendant une fraction de seconde, le monde lui parut à nouveau en ordre.

Le soir, le Cercle se réunit sous les gradins juste avant le début des finales d'athlétisme. Seule Faye manquait à l'appel. Cassie et Laurel, parties à sa recherche, ne furent pas étonnées de la découvrir en galante compagnie.

La foule avait envahi les bancs autour d'eux, mais Faye et Max n'avaient pas remarqué. Max l'embrassait dans le cou pendant que Faye faisait courir ses ongles sur son torse et tirait sur son jean comme un animal affamé.

— Heureusement qu'on lui a dit de lâcher Max, commenta Laurel. Cela dit, une fois que le sort est jeté, j'imagine qu'il est trop tard.

Cassie hocha la tête.

— Mais Faye, elle, elle n'est pas envoûtée, alors quelle est son excuse ?

— C'est Faye.

Cassie remarqua Portia qui s'avançait dans leur direction, ou plutôt qui fonçait droit sur elles, vêtue d'une chemise à haut col assortie à ses cheveux couleur paille.

— Les ennuis arrivent, lança Cassie.

— Vous pourriez dire à votre copine d'aller à l'hôtel, cria Portia. On fait du sport ici, on n'est pas en train de tourner un porno.

Laurel s'esclaffa.

— Portia a raison. Je crois qu'ils vont finir par faire peur aux enfants.

Elle se tourna vers Cassie.

— Tu veux les asperger d'eau glacée ou je m'en charge ?

Portia eut un petit sourire.

— Merci, Laurel. J'ai toujours su que tu étais la plus raisonnable de votre petite clique.

Après un coup d'œil vers Cassie, elle ajouta :

— Cela dit, ce n'est pas très difficile.

— Je m'en occupe, dit Cassie qui s'éloignait déjà.

Toutes les excuses étaient bonnes pour échapper à Portia.

Laurel et Portia continuèrent à discuter quelques minutes, pendant que Cassie faisait de son mieux pour éloigner Faye de Max.

— Non, gémit celui-ci. Où est-ce que tu l'emmènes ?

Il avait perdu toute classe.

— Dis au revoir, Max, insista Cassie. Faye doit partir, maintenant.

Faye se démena pour lui faire une dernière caresse avant d'être éloignée de force. Elle effleura son beau visage du bout du doigt :

— Sois un gentil garçon, attends-moi là, susurra-t-elle. Et après, tu auras droit à une récompense.

Son visage viril s'adoucit en une expression de ravissement enfantin.

— Promis ?

Faye lui envoya un baiser en réponse tandis que Cassie la traînait dans l'escalier.

Une fois assez éloignée de lui pour être tranquille, Cassie secoua la tête.

— J'ai du mal à croire qu'il s'agit du même Max.

Faye sourit.

— Si tu l'avais vu sans sa chemise, tu le croirais.

Sous les gradins, le Cercle avait presque terminé les préparatifs. Suzan et Sean avaient enfoncé les bougies dans le sol : une au nord, une au sud, une autre à l'ouest, une dernière à l'est. Nick alluma leur mèche à l'aide de son Zippo en cuivre.

Mélanie donna une petite tape sur l'épaule de Cassie.

— Excuse-moi, dit-elle en l'écartant du passage. Je dois m'occuper des encensoirs.

— Ils ne vont rien sentir ? s'inquiéta Cassie en faisant référence au public réuni au-dessus d'eux.

— Non, répondit Mélanie tout en dégageant l'énergie du sol. C'est seulement du jasmin. Au pire, ils croiront que quelqu'un fume quelque chose.

— Tout le monde est prêt ? lança Diana en regardant Cassie.

Elle avait entraîné Cassie à l'écart après leur cours de chimie pour revenir sur ce qui s'était passé lors de leur réunion matinale. Elle avait tenté d'expliquer sa position : elle souhaitait sauver Scarlett autant qu'elle, mais elle devait mettre cela en perspective avec sa responsabilité vis-à-vis du Cercle. *Ça n'est pas personnel*, avait-elle dit. Cassie avait assuré à Diana qu'elle comprenait. Pourtant, c'était bel et bien personnel. C'était ce qu'aucun d'entre eux ne semblait reconnaître. Pour Cassie, tout ça était très personnel.

Le bruit de leurs camarades en train d'acclamer les sportifs au-dessus de leurs têtes indiquait que la rencontre avait débuté.

— Nous ne pourrons pas être plus prêts, commenta Laurel.

Le groupe s'assit en rond autour des bougies comme le leur demanda Diana. Puis celle-ci plaça un verre à pied rempli d'eau à l'intérieur du cercle.

— Invoquons tous l'élément Eau, commença-t-elle.

Cassie fixa le contenu du verre, en imaginant qu'il y avait là tout l'océan, si bleu, froid et profond, en imaginant que si elle y glissait les doigts, jamais elle ne parviendrait à en toucher le fond.

— Pouvoir de l'Eau, je te conjure, lança Diana.

Puis à l'unisson, le Cercle répéta doucement les incantations quatre fois.

Toi qui as disparu, réapparais
Quitte ta cachette désormais.

Diana conclut sur :

— Que l'eau nous révèle la localisation de Scarlett.

Tous plongèrent le regard dans l'eau.

Au début, il ne se passa rien. Il y avait juste de l'eau ordinaire dans un joli verre. Le public au-dessus de leur tête applaudit et se mit debout ; le liquide vibra. Il fallut quelques secondes pour qu'il retrouve son immobilité, mais alors, Cassie remarqua que son propre reflet devenait plus prononcé. La forme de son visage, ses yeux ronds, sa moue boudeuse se détachèrent avec une clarté parfaite. Mon dieu ce qu'elle paraissait effrayée, désespérée même. Mais bien vite, cela disparut pour laisser la place à une nouvelle image, tout aussi limpide. C'était une maison délabrée – la même que dans son rêve, sauf qu'elle pouvait désormais la voir, pas seulement la deviner.

C'était un cabanon de plage branlant, de ceux que l'on trouve fréquemment aux environs de Cape Cod. Il s'élevait presque tout au bout d'une longue allée sableuse et désolée, flanquée d'une vaste étendue d'eau et d'un marais littoral.

J'ai déjà vu cet endroit, pensa Cassie, mais tout de suite après, l'image se métamorphosa.

De quoi s'agissait-il ?

L'apparition était progressive, pourtant Cassie aurait juré qu'il s'agissait d'un pain de mie. Ensuite, le pain apparut en tranches. Peut-être avait-elle faim ? Très vite cela fut remplacé par autre chose : le visage d'un homme qui semblait sortir du XIXe siècle. Il avait de gros sourcils, une épaisse moustache et un col amidonné. Cassie était certaine de connaître ce visage aussi, mais d'où ?

La vision changea une dernière fois. Un numéro surgit. Il n'apparut qu'une seconde, presque trop vite, mais c'était le 48. Cela ressemblait à une balle blanche comme celle que l'on tire à la loterie. Puis l'eau noircit et se figea.

— Je crois que Scarlett est à Cape Cod, dit Cassie en se tournant vers les autres pour chercher confirmation.

— Oui, rebondit Adam, dans la ville de Sandwich. Au nord-ouest de Cape.

Cassie rit en douce. Évidemment. Comment n'avait-elle pas compris ?

— Mais qui était cet homme ? demanda-t-elle.

— Son visage ne m'est pas inconnu, souffla Diana.

Ce fut au tour de Mélanie de rire.

— Je viens de lire *La lettre écarlate*, intervint-elle. C'était Nathaniel Hawthorne.

— C'est sûrement un indice sur un nom de rue, suggéra Laurel. Là-bas, beaucoup de rues sont baptisées d'après des auteurs classiques.

— Quarante-huit, dit Adam en tapant sur son téléphone. Quarante-huit rue Hawthorne. Voilà où elle se trouve.

— Bon, alors qu'est-ce qu'on fait encore ici ? lança Nick. Allons-y.

— Impossible, déclara Diana avec fermeté. Cape Cod est au-delà du champ d'action de notre sort de protection. C'est trop dangereux.

Mélanie, qui sentait Cassie sur le point d'exploser, apporta immédiatement son soutien à Diana :

— Nous allons devoir réunir un maximum de pouvoirs si nous voulons avoir une chance de vaincre les chasseurs. Nous devrions attendre de les combattre ici à La Nouvelle-Salem, derrière le bouclier de notre sortilège.

— J'en ai assez d'attendre, décréta Cassie. On ne peut pas espérer que les chasseurs l'épargneront encore longtemps.

Avant que quiconque ait le temps de réagir, un hurlement effroyable jaillit des gradins au-dessus d'eux. Ils comprirent tout de suite qu'il ne s'agissait pas du genre de cri que l'on entend lors de rencontres sportives. C'était un bruit macabre, un mélange de douleur, de choc et d'horreur. C'était un bruit qui évoquait la mort.

Tous se précipitèrent pour voir ce qui s'était passé, mais lorsqu'ils débarquèrent, la confusion était totale. Ils luttèrent pour arriver à distinguer quelque chose par-dessus la cohue d'élèves paniqués, de professeurs et de parents affolés.

— Il y a un élève à terre, sur les gradins, dit Adam.

Cassie aperçut une mèche de cheveux couleur paille et sut immédiatement de qui il s'agissait. C'était Portia Bainbridge. Elle gisait pile au-dessus de l'endroit où le Cercle avait lancé son sort.

— Elle s'est effondrée, les informa quelqu'un de l'équipe d'athlétisme.

Laurel se fraya un chemin parmi les gens pour voir si Portia était encore en vie. Elle s'agenouilla auprès de son corps, l'appela par son nom, vérifia son pouls. En vain.

Portia était morte – aussi raide et sans vie que Constance, à terre, le jour de la fête de printemps. Et il y avait pire, ce que Cassie aurait souhaité plus que tout ne pas avoir vu : le symbole des chasseurs, presque invisible, luisait à l'endroit où son cœur aurait dû battre.

Cassie n'avait pas besoin de demander aux autres s'ils le voyaient, cette fois. Elle sut, à leur visage terrorisé, que c'était le cas.

— Il faut qu'on se tire d'ici, articula Mélanie, livide.

— Maintenant, ordonna Diana. Tout le monde chez moi.

Dispersé dans le salon chez Diana, le Cercle tentait de se remettre. Mais tous restaient sous le choc de la mort terrifiante de Portia, une mort à laquelle ils avaient échappé de justesse.

Adam décrivait des huit sur le tapis en se rongeant les ongles.

— Vous comprenez ce que ça signifie ? Les chasseurs l'ont tuée parce qu'ils étaient persuadés que la magie venait d'elle. Autrement dit, ils ignorent encore qui sont les sorciers.

— Ils ne savent toujours pas que c'est nous, répondit Faye en écho depuis le canapé où elle était allongée. Après tout ce temps. Je vous l'avais bien dit.

Sa voix se teintait d'une pointe de triomphalisme.

Tant d'insensibilité fit grimacer Laurel.

— Le prix à payer pour le découvrir était un peu élevé, tu ne crois pas ? Portia est morte.

— Ah oui, c'est vrai. Encore du sang de l'extérieur sur nos mains, ironisa Faye.

Suzan déballa un petit gâteau qu'elle gardait dans son sac et mordit dedans avec émotivité. La bouche pleine, elle articula :

— Dire que je commençais à ne plus détester Portia. Et voilà qu'elle est tuée par notre faute.

— Ce n'était pas notre faute, rectifia Deborah. On n'aurait jamais pu deviner ce qui allait se passer.

Mélanie n'était pas de cet avis.

— Nous savions bien que lancer un sort aussi puissant comportait un risque, que nous avons pris volontairement. Sans ça, Portia serait toujours en vie.

Cassie était restée silencieuse jusque-là. Bien entendu, elle se sentait responsable de ce qui était arrivé, mais ce n'était pas le moment de s'attarder là-dessus. Elle prit place au centre de la pièce, en espérant canaliser la peur et la colère du groupe, leur culpabilité, même, pour les ramener à leur mission la plus pressante.

— Je suis aussi bouleversée que vous, annonça-t-elle. Cela prouve que les chasseurs sont puissants et qu'ils se rapprochent. À l'heure où nous parlons, Scarlett est toujours leur otage et elle subit leurs tortures dans une cabane de Cape Cod. Nous devons agir vite avant qu'elle ne connaisse le même destin que Portia.

Diana se mit à secouer la tête avant même qu'elle eût terminé sa phrase.

— Je suis désolée, Cassie, mais nous ne pouvons pas prendre ce risque. Nous allons trouver un autre moyen.

Aussitôt, Mélanie vint au secours de Diana pour faire taire Cassie :

— Nous ne pouvons pas affronter les chasseurs. Tu vois bien ce dont ils sont capables.

Faye semblait se délecter de ce moment. Qu'est-ce qui lui plaisait à ce point ? Était-ce la perte brutale de la vie humaine, la scission au sein du groupe ou le fait que tout le monde se retourne contre Cassie ?

Faye quitta sa position allongée et se redressa sur le canapé.

— Tu devais bien te douter qu'on ne se jetterait pas dans la gueule du loup, quand même ? demanda-t-elle à Cassie en plissant ses yeux de reptile. En tout cas, pas avec les lâches qu'on a là.

Nick se leva de sa chaise.

— On ne devrait pas voter ?

— Non, répondit Faye en riant. Ça s'appelle le droit de veto. N'est-ce pas, D. ?

Diana baissa les yeux vers ses mains fines.

— Ça s'appelle une décision exécutive.

— On ne peut pas s'en prendre aux chasseurs à Cape Cod, admit Adam. Mais on pourrait essayer de les attirer jusqu'à La Nouvelle-Salem ?

— On n'a pas le temps !

Cassie perdait patience.

Chris Henderson, d'un bond, vint se placer à côté de Nick.

— Nous devrions voter, comme nous le faisons toujours.

— Je suis d'accord, le soutint Doug en rejoignant son frère et Nick dans leur petite insurrection. Depuis quand vous êtes tous devenus fascistes ? Moi je suis pour sauver Scarlett.

Puis, s'adressant directement à Cassie, il reprit :

— Je sais ce que c'est, de perdre une sœur. Je ne veux pas que ça t'arrive.

— Et moi, je fais confiance au jugement de Cassie, renchérit Nick.

Il avait la mâchoire serrée, mais les yeux remplis d'émotion.

— Je suis prêt à prendre le risque.

Le cœur de Cassie était troublé. Comment son âme sœur pouvait-elle ne pas la comprendre comme Nick parfois ? Adam restait catégorique, borné, protecteur, faisait non de la tête tandis que Nick désirait faire son possible pour soutenir Cassie et sauver Scarlett.

— C'est inutile, les garçons, lança malicieusement Faye.

— Nous avons le droit de voter, insista Nick, Chris et Doug de plus en plus agités toujours à ses côtés.

Mais même s'il y avait vote, l'issue était assez claire. Après tout ce qu'ils avaient traversé, Scarlett n'en restait pas moins une fille de l'extérieur, pour eux. Ils auraient fait n'importe quoi pour sauver la grand-tante de Mélanie, mais alors que la sœur de Cassie avait des ennuis, et qu'ils avaient un moyen d'agir, ils refusaient de tenter quelque chose.

— Bien.

Diana semblait un peu agacée de cette mutinerie.

— Nous allons voter. Mais la décision sera définitive pour le Cercle et je tiens à vous rappeler que…

— Laisse tomber, l'interrompit Cassie. Je n'ai pas besoin de ton vote. Je n'ai besoin de personne.

Elle s'en alla, laissant derrière elle un Cercle brisé.

22

Cassie était allongée, éveillée, les yeux fixés sur le baldaquin de son lit. Elle observait les reflets du soleil sur les chandeliers en étain de la cheminée et sur l'horloge en porcelaine accrochée au mur opposé. Par moments elle se sentait encore une étrangère dans cette pièce, comme une invitée à une soirée pyjama chez une copine.

Voyant qu'elle ne se levait pas à l'heure habituelle, sa mère vint taper doucement à sa porte.

— Tu vas être en retard à l'école, lança-t-elle en entrant dans la chambre tout éclairée.

Cassie ne prit pas la peine de dire qu'elle ne se sentait pas bien. Ni même de prononcer un seul mot. Son silence, son immobilité paraissaient presque pathologiques.

— Tu n'as pas l'air en forme, constata sa mère en la dévisageant avec inquiétude. Tu es malade ?

Cassie l'évitait depuis le jour où elle avait découvert qu'elle avait une sœur. Elle savait que si elle choisissait la confrontation, sa mère essayerait d'expliquer ça d'un revers de la main, comme toujours. Cassie préférait donc garder ce secret pour elle, contre sa poitrine, comme une arme dissimulée.

Sa mère posa une paume sur son front. Avec anxiété, elle examina ses yeux, la rougeur de sa peau.

— Je ne pense pas que tu aies de fièvre.

Ses longs cheveux noirs tirés en arrière dégageant son visage accentuaient sa pâleur et sa maigreur caractéristiques. Cassie se demanda soudain si sa mère n'était pas la plus souffrante des deux.

Mais malgré l'envie qu'elle éprouvait de tout lui raconter, de se confier à elle, elle n'en était pas capable. Elle n'était pas encore prête à lui pardonner.

— Je ne vais pas à l'école aujourd'hui, affirma-t-elle brutalement, manière de signaler d'emblée qu'elle ne demandait pas la permission de rester à la maison.

Sa mère ne protesta pas.

— Je vais te préparer une tasse de thé.

— Je ne veux pas de thé.

— OK, très bien, pas de thé.

Elle alla chercher une couverture dans l'armoire dans l'angle, la secoua et la déposa affectueusement sur Cassie.

— Est-ce que ça va, Cassie ? Tu es en colère contre moi ?

Cassie lui tourna le dos.

— Je ne suis pas en colère, dit-elle en s'adressant à la fenêtre. Je suis fatiguée. Tu peux fermer la porte en sortant ?

Pendant quelques secondes, sa mère ne fit aucun bruit, mais Cassie la sentait hésitante : devait-elle pousser sa fille à lui parler, puisqu'elle se doutait que quelque chose n'allait pas ou bien la laisser en paix, ainsi qu'elle l'avait exigé ?

— S'il te plaît, insista-t-elle, pour l'aider à trancher. Tu peux juste me laisser me reposer ?

Sa mère prit une grande inspiration, soupira. C'était le bruit de la résignation.

— D'accord. Dis-moi si tu as besoin de quoi que ce soit. Je te prépare une soupe pour midi.

Elle quitta la pièce sans ajouter un autre mot.

Cassie n'aurait pas pu se sentir plus seule, une fois la porte fermée. Sa mère était une inconnue, et comme si cela ne suffisait pas, Adam avait pris fait et cause contre elle lors de leur dernière réunion et Diana lui semblait plus une ennemie qu'une amie. Cassie n'avait personne vers qui se tourner.

Elle sortit de son lit et s'approcha de la fenêtre. La vision de l'eau bleu saphir l'avait toujours apaisée, mais aujourd'hui elle lui paraissait froide et solitaire.

Il faut que je trouve le moyen de sauver Scarlett, pensa-t-elle. *Quoi qu'il en coûte.*

Quel intérêt d'être une sorcière si elle ne pouvait faire usage de ses pouvoirs ? Cela dit, quel pouvoir lui restait-il sans le Cercle au complet à ses côtés ?

Un frisson lui parcourut l'échine tandis qu'elle contemplait l'océan, sans qu'aucune réponse ne lui vienne. Elle percevait l'incommensurable étendue d'eau, sa houle, mais d'ordinaire, elle parvenait à synchroniser son rythme interne aux éléments. Pour une fois, elle avait l'impression que le ciel et la mer ne l'observaient ni ne l'écoutaient.

Elle commençait à se sentir fiévreuse, à transpirer, à avoir mal partout. *Tu n'es pas vraiment malade*, se rappela-t-elle. Néanmoins elle retourna se coucher et s'enfonça sous ses couvertures. Quelques minutes passèrent, une heure peut-être, mais elle ne parvenait pas à se reposer. À chaque fois qu'elle se laissait emporter par un sommeil léger, anesthésiant, elle se réveillait en sursaut. Comment pouvait-elle s'accorder du repos dans un moment comme celui-ci ?

Son Livre des Ombres se trouvait à portée de main, dans le tiroir de sa table de chevet. Elle le récupéra et le feuilleta, en quête d'un indice, d'une idée sur ce qu'elle pouvait faire maintenant. Au fond, elle savait qu'il n'existait aucun raccourci magique. Elle allait devoir se rendre à Cape Cod et se battre contre les chasseurs elle-même. C'était le seul moyen. Cela lui coûterait peut-être la vie, elle en était consciente, mais elle ne voyait pas meilleure raison de mourir.

Ses pensées furent interrompues par un autre coup à la porte de sa chambre, cette fois plus sonore, moins doux.

— Maman, je dors, lança-t-elle.

— C'est Adam, répondit la voix derrière la porte.

Elle ne l'invita pas à entrer, mais il en prit la liberté.

— Ta mère m'a dit que tu ne te sentais pas bien, annonça-t-il en refermant derrière lui.

Elle l'observa avec indifférence.

— Ça va, le rassura-t-elle.

Il ôta ses chaussures, s'assit sur le lit. Elle comprit, à l'étincelle dans son regard, qu'il était venu pour tenter de la prendre par les sentiments.

— Je ne me souviens pas de t'avoir proposé de te mettre à l'aise.

Il ne cilla pas.

— Je sais, Cassie. Tu es en colère contre moi. Mais s'il te plaît, écoute-moi.

Elle ne répondit pas.

Il prit cela pour un feu vert.

— Je suis toujours de ton côté, tu le sais. Je veux sauver Scarlett autant que toi. Nous le voulons tous.

— Alors je ne vois pas où est le problème. Puisque nous sommes tous d'accord.

Il fronça les sourcils.

— Je n'avais pas terminé. Je veux sauver Scarlett, mais je suis inquiet de la manière dont cela s'annonce. Et je ne veux pas que tu sois blessée, ni aucun d'entre nous, d'ailleurs.

— Tu commences à me faire penser à un disque rayé, Adam. Tout le monde n'arrête pas de répéter combien tout est dangereux, qu'il ne faut pas utiliser la magie, qu'il ne faut pas poursuivre les chasseurs. Je vais finir par croire que Faye a raison. Ce coven n'est qu'une bande de lâches.

Il se plia légèrement en deux, comme si elle venait de lui assener un coup au ventre.

— Je ne suis pas lâche, affirma-t-il.

Prouve-le, avait-elle envie de dire, mais elle fut saisie de remords. S'en prendre à Adam ne mènerait à rien. Elle ne parviendrait pas à le convaincre d'envisager les choses à sa manière.

— Je ne suis pas un lâche, répéta-t-il, tendu.

Pendant une fraction de seconde, elle aperçut quelque chose en lui qu'elle trouva effrayant. Une puissance de commandement qui était toujours sous-jacente chez lui. Si seulement elle pouvait en profiter, si seulement elle pouvait obtenir que cette puissance travaille pour elle plutôt que contre elle.

Cassie savait, au fond de son âme, quelle force détenait le Cercle lorsqu'il décidait de s'unir. Ils n'avaient pas besoin de ce sort de protection. Adam ne le voyait-il pas ?

— Je ne peux pas discuter de ça avec vous maintenant, dit-elle. J'ai besoin de temps seule. Pour réfléchir.

Il se leva. Ses yeux étaient aussi noirs qu'un ciel d'orage.

— Je t'aime, souffla-t-il. Et si ta colère est une manière de mettre mon amour à l'épreuve, très bien. Mais je n'ai pas l'intention de te perdre.

Il mit les mains sur ses hanches. Le soleil qui se déversait par la fenêtre soulignait les différents reflets dans ses cheveux, des mèches rousses, brunes ou dorées.

— Si tu veux du temps, pas de problème, concéda-t-il. Je serai là quand tu seras prête. Mais j'ai une requête.

Il marqua un temps d'arrêt pour être sûr qu'elle l'écoutait attentivement.

— Quelle est-elle ? demanda-t-elle sans le regarder en face.

— Ne fais rien de précipité sans en parler au Cercle d'abord.

Elle se braqua. Ce n'était pas juste d'exiger une chose pareille.

— Promets-le-moi.

Elle fit l'erreur, à cet instant, de regarder Adam droit dans les yeux. Ceux-ci débordaient d'amour, et de peine. Ce n'était pas un lâche. C'était quelqu'un de bien, de courageux, qui souhaitait le meilleur pour chacun.

— S'il te plaît, ne commets pas d'imprudences.

Elle n'était pas moins en colère contre lui qu'à son arrivée, mais elle l'aimait tout de même de tout son cœur. Et elle se trouva incapable de résister, il fallait qu'elle le tranquillise.

— Je te le promets, dit-elle.

Tout en sachant que c'était là une promesse qu'elle ne pourrait probablement pas tenir.

23

L'obscurité sur des kilomètres et des kilomètres, à perte de vue. Une obscurité teintée de rouge, comme à l'intérieur de ses paupières, pourtant celles-ci étaient ouvertes. Cassie devinait la cabane au loin, cachée dans cette nuit d'encre. Elle appela : Scarlett !

Dans ce rêve, Scarlett ne vint pas à Cassie ; Cassie partit à sa recherche. Elle se forçait à traverser la nuit noire, comme si elle était aveugle ou folle, en hurlant le nom de sa sœur. C'était comme évoluer dans l'espace sans étoiles, mais sa persévérance permit à Cassie de tomber sur ce qu'elle cherchait. La maison. Et à travers la porte bringuebalante, elle découvrit Scarlett. Ligotée aux chevilles et aux poignets contre un poteau plein d'échardes, elle criait.

Ils la fouettaient. Eux. Quels qu'ils soient. Cassie essaya de distinguer les visages des chasseurs, mais elle n'y parvint pas. Ils n'en avaient pas ; ils étaient des entités noires sans forme, comme des fantômes. Elle sentait seulement leur âme tremblante, leur terreur qui faisait d'eux des brutes. Car ils étaient poussés par la peur, la peur de l'inconnu, du surnaturel, de la sorcellerie. Comme des croisés, leur foi en leur propre droiture était sacrée, leur capacité à la violence contre leurs ennemis, extrême. Ils fouettaient Scarlett impitoyablement, inlassablement, sans que ses cris ne les affectent.

Cassie se demandait pourquoi ils ne la bâillonnaient pas, pour la faire taire. Soudain, elle comprit, ce fut comme une lumière qui s'allume tout à coup. Les chasseurs voulaient qu'elle parle, qu'elle crache l'information – non seulement les secrets de sa magie, mais aussi ceux du Cercle, leur identité, l'endroit où ils pourraient les trouver. Scarlett pleurait, criait, crachait sur les chasseurs indistincts, mais aucun mot ne s'échappait de sa bouche abîmée. Supportait-elle toute cette douleur pour protéger le Cercle ? Et Cassie ?

Son corps tuméfié pendait mollement au poteau et dépérissait, comme une fleur qui se fane. Son visage n'était qu'un amas de sang et de crasse, un de ses yeux, terriblement enflé, était fermé pour de bon. Ses cheveux rouges, humides, ruisselaient tel du sang sur ses épaules osseuses. Elle était presque nue. Son torse et ses jambes étaient striés de coups de fouet, de zébrures violacées. Combien de temps encore tiendrait-elle, soumise à de telles violences ?

Comme dans le rêve précédent, Cassie ne pouvait pas bouger. Ses pieds étaient figés sur le seuil d'où elle pouvait voir Scarlett, mais elle n'était pas certaine que la réciproque fût vraie. Elle l'appela de là où elle se trouvait.

Scarlett, je sais où tu es, dit-elle. *Je vais arriver bientôt. Je te le promets.*

Sur ce, elle se réveilla d'un coup.

Ma sœur, pensa Cassie, *ma pauvre sœur chérie*. Elle aurait préféré que Scarlett donne aux chasseurs ce qu'ils voulaient, toute la vérité à propos du Cercle, si cela avait permis sa libération. Plutôt que mourir pour les protéger. Scarlett était venue à La Nouvelle-Salem pour chercher protection auprès du Cercle, et pas l'inverse. Comment la situation avait-elle pu en arriver là ?

Mais Scarlett était toujours en vie, de ça au moins Cassie était certaine. Ils pouvaient encore la sauver. Si le Cercle comprenait que Scarlett subissait la torture parce qu'elle les protégeait, peut-être envisageraient-ils un peu plus sérieusement de partir à sa recherche. Peut-être l'accepteraient-ils comme l'une des leurs.

À cet instant, un son strident résonna dans l'oreille de Cassie. Elle se tourna vers sa table de chevet et comprit que son téléphone sonnait. Mais qui pouvait bien l'appeler à cette heure de la nuit ?

— Allô ?

Le ton était hésitant, et Cassie était à moitié persuadée de trouver un des chasseurs au bout du fil. Mais la voix éraillée qui s'excusa de la réveiller appartenait à Deborah.

— Qu'y a-t-il ?

Pour que Deborah l'appelle au milieu de la nuit, il devait y avoir un blessé ou un mort, voire les deux.

— Quelqu'un a mis le feu au gazon de Laurel, annonça Deborah. Pour tracer le symbole des chasseurs.

Cassie, qui venait tout juste de sortir d'un cauchemar, aurait juré être déjà plongée dans un nouveau.

— Laurel a été marquée, ajouta Deborah, au cas où Cassie n'aurait pas perçu toute la gravité de la situation.

Cassie eut soudain l'impression de suffoquer, comme si un des chasseurs de son cauchemar l'avait attrapée à la gorge et tentait de l'étouffer.

— Cassie ? demanda Deborah. Ça va ?

Elle toussa. Laurel. De tous ceux qui pouvaient être marqués, il avait fallu qu'ils s'en prennent à la pacifique, à l'adorable Laurel. Comment cela avait-il pu arriver ?

— Je suis juste sous le choc, répondit-elle. Continue.

Le murmure rauque de Deborah reprit.

— On se réunit demain matin avant l'école. Pour décider de ce qu'on va faire.

— Bien sûr, dit Cassie. J'y serai.

— Rendez-vous chez Diana à 6 h 30.

— OK.

Elle se sentait bizarre, tremblante. Sa voix ne lui paraissait pas la sienne. Ces mains invisibles enserraient toujours sa gorge, au point qu'elle avait du mal à respirer.

— Comment va Laurel ? parvint-elle à articuler.

Mais elle n'entendit qu'un déclic. Deborah avait déjà raccroché. Cassie trouvait étrange que de tous les membres du Cercle qui auraient pu lui transmettre cette nouvelle, ce fût Deborah qui s'en soit chargée. Et pas Adam ou Diana.

En prenant soin de ne pas réveiller sa mère, elle sortit du lit, enfila ses baskets et sa veste. Puis elle déverrouilla la porte principale et s'esquiva en direction de l'extrémité de leur terrain. Depuis le haut du promontoire, elle avait un excellent point de vue sur tout le quartier, sur la moindre vieille maison de cette rue tortueuse qu'était Crowhaven Road – celles en bon état comme celles qui semblaient sur le point de s'effondrer par grand vent.

Elle plissa les yeux pour voir aussi loin que possible. D'abord, elle constata que l'incendie avait été éteint, bien que les relents de fumée et d'herbe brûlée puissent encore se sentir dans l'air. Ensuite, elle remarqua deux silhouettes qui s'agitaient dans l'ombre, à proximité de la pelouse. Il était difficile de voir de qui il s'agissait à travers la fumée. Elle se concentra, en vain. Elle hésitait à descendre. Ce devait forcément être des membres du Cercle. D'ailleurs, lorsqu'ils se remirent en mouvement, Cassie parvint à les identifier. C'était Adam et Diana.

Les longs cheveux blonds de Diana brillaient sous les réverbères, alors qu'elle avançait en direction de chez elle, à pas de loup, en compagnie d'Adam, tout près.

Cassie ressentit soudain une certaine irritation. Ils étaient debout, tous les deux, et ils faisaient des trucs ensemble. Et ni l'un ni l'autre n'avaient pris le temps de l'appeler en personne.

Comment avait-elle pu s'éloigner à ce point de ceux qui comptaient le plus dans sa vie ?

Elle rentra chez elle, un creux au ventre. Elle traversa le salon sur la pointe des pieds et remonta dans sa chambre, dont elle ferma la porte tout doucement. Elle ôta ses chaussures et se recoucha en regrettant d'être sortie.

Elle devinait ce qu'ils étaient en train de faire. Ils préparaient, complotaient, mettaient en place la stratégie pour la réunion qui aurait lieu d'ici quelques heures. Ils étaient comme ça et le seraient toujours. Le chevalier courageux et la grande prêtresse, vigilants à jamais. Ils étaient la véritable influence derrière ce groupe, quel que soit le leader, quel que soit celui qui portait les Artéfacts.

Adam était peut-être l'âme sœur de Cassie, mais il y aurait toujours le Cercle. Et si une seule personne devait représenter le Cercle, ce serait Diana. Pas un seul instant, Cassie ne soupçonna Adam de la tromper avec Diana. Il n'en avait pas besoin. Ce qu'il partageait avec Diana, c'était au-delà de la tromperie.

Elle garda les yeux fixés au plafond, incapable de trouver le sommeil. Qu'ils échafaudent leurs stratégies. Elle en avait assez d'attendre sur le banc de touche. Elle irait sauver Scarlett elle-même et éliminer les chasseurs avant qu'ils ne marquent quelqu'un d'autre – et avant qu'ils ne tentent de s'en prendre à Laurel.

Mais il lui manquait deux éléments essentiels si elle voulait combattre les chasseurs en solitaire : le diadème et la jarretière que détenaient Diana et Faye.

24

Le lendemain, Cassie arriva chez Diana avec du café et des muffins frais. Diana parut désarçonnée en acceptant ce présent, comme si elle ne savait comment interpréter cette délicate attention. Après leur dernier désaccord, depuis que Cassie avait claqué la porte de leur précédente réunion, elles s'étaient évitées. Il était donc normal que Diana se montre un peu soupçonneuse vis-à-vis d'un changement de comportement aussi radical et soudain.

— Tu viens, on va dans la cuisine en attendant que les autres arrivent ? lui proposa Diana.

Cassie s'installa, se servit un café et attendit.

Diana grignota un morceau de muffin.

— J'ai passé toute la nuit à chercher des sorts pour inverser la marque, pour sauver Laurel.

— Et ?

— Il n'y a encore rien de parfait, mais c'est prometteur. J'espère trouver un moyen de combiner un sort de guérison et un contre-sortilège.

Cassie ne pensait qu'à une chose, au diadème, mais elle se força à adresser un hochement de tête encourageant à Diana.

— Dis-moi si je peux t'aider.

Elle savait qu'elle avait besoin de faire un geste en direction de Diana si elle voulait regagner sa confiance.

— Je sais que j'ai agi un peu sous le coup de la colère ces temps-ci, poursuivit-elle. Et je n'aurais pas dû quitter la dernière réunion de cette manière, alors qu'il est si important qu'on reste tous unis.

Une expression étonnée se dessina sur le visage de Diana, et Cassie sentit l'espoir envahir son cœur.

— Et je veux tout faire pour maintenir l'unité du Cercle, pour qu'il reste fort, ajouta-t-elle encore. Je crois vraiment que tous ensemble nous sommes suffisamment puissants pour vaincre les chasseurs.

Diana désigna du menton la porte latérale, où Adam venait de faire son apparition.

Lorsqu'il vit Cassie, son visage tendu, aux aguets, se relâcha. Puis ses yeux croisèrent brièvement ceux de Diana et une étincelle de compréhension passa de l'un à l'autre.

— J'espère que je ne vous dérange pas, s'inquiéta-t-il. Mais je dois reconnaître que ça me fait plaisir de vous voir discuter toutes les deux.

Diana sourit à Adam, tout à fait convaincue que l'incident entre Cassie et elle était clos. Elle abandonna son muffin et prit la main de Cassie.

— Je suis vraiment contente que tu te sois ralliée à notre point de vue. Nous allons combattre ces chasseurs ici même, à domicile.

Ses yeux émeraude s'emplirent de larmes.

— Je pourrai ainsi m'assurer que ma sœur à moi sera saine et sauve.

Adam se joignit à elles, car il ne voulait pas être exclu de cette conversation.

— Souviens-toi, Cassie, dit-il. Scarlett est une sorcière très puissante, autant que toi. Peut-être plus.

Il remuait son café.

— Essaie de penser qu'elle peut se sauver elle-même.

Bientôt, le reste du groupe arriva, au compte-gouttes. Deborah et Mélanie accompagnaient Laurel, paniquée. Nick, d'une beauté glaciale, comme toujours, fit son entrée juste après. Ils furent suivis par Chris, Doug et Sean, à moitié endormis. Pour finir, Faye apparut avec Suzan, qui manqua de la renverser en se jetant sur l'assiette de muffins.

Pendant quelques minutes, tout le monde s'agita dans la cuisine, se servit du café et mangea un morceau. Le ton des conversations n'était pas ordinaire. Cassie percevait l'effroi qui s'en dégageait, une peur d'une forme nouvelle. En elle, elle sentait la noirceur, comme si cette menace la repoussait plus encore à la périphérie du groupe.

Il fut facile pour Cassie de s'éclipser sans que personne le remarque. Elle prit son sac, fila à la salle de bains, et ni les uns ni les autres n'y trouvèrent à redire. Puis elle continua de marcher. Elle savait que le diadème était caché dans la chambre de Diana. Il ne lui restait plus qu'à mettre la main dessus. Et la porte était ouverte, comme une invitation.

Elle marqua un temps d'arrêt sur le seuil. Une fois à l'intérieur, elle ne pourrait plus revenir en arrière. Il fallait qu'elle soit sûre d'en assumer les conséquences après coup. Mais le souvenir de ses cauchemars et des cris de Scarlett suffit à la convaincre de franchir ce pas critique.

Elle s'était habituée à l'élégance de la chambre de Diana. Au début, la décoration lui avait paru étrangement adulte pour une ado, mais aujourd'hui, cela semblait parfait pour Diana.

Maintenant, à sa place, où aurait-elle caché le diadème ?

Elle promena son regard sur la pièce, examinant chaque meuble d'époque. Elle s'attarda sur le siège dans l'embrasure de la fenêtre et les nombreux prismes suspendus devant. Le soleil du matin donnait pile dessus et projetait de minuscules arcs-en-ciel sur le mur d'en face. Des éclairs multicolores oscillaient sur les gravures représentant des déesses au-dessus du lit de Diana.

Elle sourit. Les gravures. Elle connaissait si bien Diana, sa sœur de cœur, qu'elle n'eut même pas besoin d'avoir recours à la magie pour savoir exactement où était dissimulé le diadème.

Les murs étaient décorés de six tableaux en tout. Cinq d'entre eux étaient similaires, en noir et blanc, de style un peu ancien. Il y avait là toute la mythologie grecque, Aphrodite, déesse de l'amour ; Artémis, celle de la chasse ; Héra, la reine des dieux ; Athéna, déesse de la sagesse et Perséphone, celle de la végétation. Mais la dernière était différente des autres. Elle était en couleurs, plus grande et plus moderne. Elle représentait une jeune femme sous un ciel étoilé, un croissant de lune derrière sa longue chevelure flottant au vent. C'était la déesse Diane. Elle était vêtue de la même tunique blanche dont se parait Diana lors des réunions du coven, et portait la jarretière sur la cuisse ainsi qu'un bracelet argenté en haut du bras. Et, plus important, sa tête était ceinte d'un fin bandeau orné d'un croissant de lune, pointes vers le haut. Le diadème.

Bien sûr, pensa Cassie. C'était presque trop gros.

Elle posa la main sur la gravure et la souleva doucement. Comme elle le soupçonnait, le mur juste derrière avait été creusé, et il était là. Au cœur de cette grotte de plâtre éventré se trouvait un coffret en argent.

Elle s'en empara à la hâte et l'ouvrit. Tranquillement installé dans cette boîte, le diadème scintillait, dans toute sa gloire.

Rapidement, elle le fourra au fond de son sac et replaça l'écrin dans le mur. Elle raccrocha le cadre par-dessus le trou et le réajusta.

Cet acte effroyable fut accompli en moins de cinq minutes. Le mobilier était toujours à sa place, les prismes colorés projetaient toujours des arcs-en-ciel un peu partout dans la pièce. Tout était exactement comme elle l'avait trouvé. Mais le diadème dans son sac semblait vibrer – comme s'il était vivant. Elle sentait sa puissance sur son flanc.

Elle rejoignit le groupe, l'air de rien, et déposa son sac sur l'une des chaises de la cuisine, qu'elle repoussa contre la table. Les autres avaient gagné le salon, où ils étaient installés sur le canapé ou par terre, autour de la table basse, au centre. Dans un silence troublant, ils braquèrent tous leurs yeux vers Cassie lorsqu'elle entra.

Elle retint son souffle. Peut-être avait-elle mis plus de temps qu'elle ne l'avait cru.

— T'es tombée dans le trou, ou quoi ? demanda Doug Henderson, ce qui fit rire tout le monde.

— Pardon, fit-elle avec un soupir de soulagement. J'arrangeais mon maquillage.

Adam adressa un regard de reproche à Doug et invita Cassie à s'asseoir à côté de lui sur le canapé. La réunion était sur le point de commencer.

Avec un sourire anodin, Cassie s'approcha d'Adam. Elle prit sa main solide dans la sienne et attendit que Diana prenne la parole. Elle ne ressentait pas la moindre culpabilité. Cela ne lui ressemblait pas du tout. Mais elle savait que si elle avait été en danger, Scarlett en aurait fait autant pour elle. Le groupe comprendrait, une fois que tout serait terminé, dès lors qu'elle aurait sauvé Scarlett par ses propres moyens et qu'elle aurait vaincu les chasseurs à l'aide des Artéfacts Primordiaux. Alors ils verraient qu'elle avait raison depuis le départ et que subtiliser les Artéfacts constituait un mal nécessaire. *Un mal nécessaire*, voilà un concept auquel Cassie n'avait jamais réfléchi, mais c'était sûrement de cela qu'il s'agissait.

Jetant un coup d'œil à son sac à main dans la cuisine, elle aurait pu jurer que l'énergie qui s'en dégageait, une sorte de force blanche, était visible. Elle espérait que personne d'autre ne la remarquerait. Il ne lui restait plus qu'à obtenir la jarretière que détenait Faye.

25

D'aucuns diraient que rôder aux alentours de la maison de Faye Chamberlain au beau milieu de la nuit était suicidaire. Ils n'auraient pas tort. Mais Cassie était allée trop loin pour reculer maintenant et elle s'était préparée en amont. Elle avait passé toute la journée à étudier son Livre des Ombres, à en mémoriser le moindre sortilège qui pourrait se révéler utile pour échapper à Faye lors de cette mission d'infiltration.

Faye s'amusait trop avec la magie pour laisser la jarretière sans protection. Au risque de se faire repérer, Cassie devrait bel et bien user de sa propre magie pour s'en emparer. Mais d'abord, elle allait devoir la trouver.

Elle savait comment entrer en douce dans la maison de Faye par la cave. Il lui suffisait de déverrouiller la porte en bois donnant sur la cour et d'accéder à l'espace cimenté en contrebas – c'était ainsi que Faye allait et venait à n'importe quelle heure de la nuit.

Une fois à l'intérieur, Cassie regarda autour d'elle. La cave était sombre, sentait le moisi et débordait de caisses poussiéreuses et de vieux cartons. Cassie espérait que Faye n'avait pas fait le mur ce soir – sans quoi elle risquait de la croiser à son retour et elle serait coincée. Autant dire pulvérisée. Cassie jeta un coup d'œil derrière elle à la porte fermée, puis balaya attentivement son regard sur la pièce humide. Il fallait qu'elle avance, elle ne pouvait plus reculer, quel que soit le risque. Avant que la peur ne prenne le dessus, elle décida d'essayer un sort pour faire apparaître la jarretière.

Agrippant le pendentif en quartz rose autour de son cou, elle murmura l'incantation qu'elle avait trouvée dans son Livre des Ombres et mémorisée, en l'adaptant.

Perdue pour l'heure,
Bientôt revenue,
Jarretière d'autrefois,
Viens à moi.

Sur le coup, il ne se passa rien, mais elle attendit patiemment en faisant le tour du sous-sol et répéta sa formule.

Sans résultat. Et elle ne sentait rien. Aussi décida-t-elle d'utiliser quelque chose de plus fort. C'était un sortilège semblable au premier, mais qui, à en croire son Livre des Ombres, permettait de repérer l'énergie d'un objet, et non simplement l'objet lui-même.

Pour cette incantation, Cassie devait se concentrer de toutes ses forces. Elle ferma les yeux et inspira profondément, jusqu'à atteindre un état méditatif. Il lui fallut quelques minutes, mais bientôt sa respiration adopta une cadence à la régularité parfaite. Elle s'immergea dans ce rythme jusqu'à ce qu'elle ait la sensation de pouvoir le contrôler, comme si son pouls était sous ses ordres. Lorsque les mots lui vinrent, ils trouvèrent leur origine au fond de son ventre.

Esprits qui me guident, je demande votre charité
Prêtez-moi votre vision et votre clarté
Jarretière d'autrefois, viens à moi,
Du noir au blanc, de la nuit au jour,
Montre-moi de ta précieuse énergie les contours.

Elle ouvrit les yeux et découvrit une lueur bleu-vert juste devant elle, qui flotta le temps d'être repérée puis s'éleva dans les airs, laissant derrière elle une traînée pareille à une queue de comète.

C'était ainsi que Cassie s'était toujours imaginée la magie. Elle suivit la trace bleu-vert dans la cave et jusqu'à un placard situé sous l'escalier.

Elle était aux anges. Voilà où devait se trouver la cachette.

Soudain elle entendit quelque chose – des pas au-dessus de sa tête. Elle retint son souffle et sentit son corps tout entier se raidir. Elle tendit l'oreille. Elle se tenait parfaitement immobile et scrutait les coins du sous-sol en quête d'un endroit où elle pourrait se cacher. Soudain, le bruit retentit à nouveau, mais c'était seulement le vent qui frappait contre la porte extérieure. Une fausse alerte, Dieu merci, cependant cela suffit à faire flancher sa concentration. La lueur bleu-vert vacilla.

Le placard sous l'escalier, bas et étroit, était rempli de boîtes. Cassie en effleura quelques-unes de la main pour voir si l'une ou l'autre de ces surfaces humides émettaient des vibrations. En prenant garde à ne pas faire trop de bruit, elle les passa en revue et finit par en remarquer une portant un léger logo sur le côté, une boucle qui évoquait un nœud celte. Elle s'empressa de soulever le couvercle pour regarder à l'intérieur. Elle contenait une seconde boîte. Plate et métallique. Dans son excitation, Cassie s'en empara sans réfléchir. L'objet projeta des étincelles qui lui brûlèrent les doigts.

Bien sûr, Faye l'avait placé sous bonne garde. Cassie tira de sa poche l'obsidienne qu'elle avait apportée de chez elle. Noire comme la lave, aux arêtes tranchantes, la roche était de la taille de sa main et pouvait aisément être utilisée comme une arme. Mais elle l'avait emportée pour sa capacité à purifier la matière noire. Elle fit glisser le cristal sur la boîte métallique pour désactiver l'envoûtement de Faye en murmurant les mots qu'elle avait appris par cœur : « Noirceur, disparais. Superflue est toute protection. La pureté va et vient ici sans encombre. »

Et cela fonctionna. Lorsqu'elle toucha la boîte une deuxième fois pour voir ce qui se passait, il n'y eut aucune étincelle. L'objet était froid et inerte. Avec confiance, Cassie souleva le couvercle.

Mais elle ne trouva pas la jarretière à l'intérieur. Au lieu de ça, elle tomba sur un message écrit à l'encre rouge qui disait *Bien tenté.*

Elle referma le coffret avec violence, furieuse. Typique de Faye. Cassie allait devoir la jouer fine si elle voulait mettre la main dessus. Il fallait qu'elle s'imagine à la place de Faye.

Faye était… quoi ? Faye était… possessive, pour le moins. Elle ne devait faire confiance qu'à elle-même pour ce qui était de la sécurité de la jarretière. Elle devait la garder près d'elle. D'ailleurs elle ne devait sûrement jamais se trouver hors de sa vue.

À cet instant, Cassie sut sans l'ombre d'un doute ce qu'il fallait qu'elle fasse. Elle allait devoir entrer dans la chambre de Faye, où celle-ci dormait sûrement, et trouver la jarretière. C'était le seul endroit où elle pouvait être, là où Faye pouvait la protéger même pendant son sommeil.

Maintenant, Cassie regrettait que Faye ne soit pas sortie ce soir. Mais elle savait aussi qu'il était temps d'agir, pas de réfléchir. Un sortilège de silence l'aiderait à accéder à l'étage.

De mon crâne à mes orteils, que le silence sur moi veille.

Elle fit glisser ses doigts sur sa bouche, le long de son torse, sur ses bras et ses jambes, jusqu'à ses pieds. Elle sentit son corps tout entier devenir muet par ce contact. Lorsqu'elle fit un pas en avant, la sensation de sa chaussure sur le sol resta la même, sans que cela provoque pourtant le moindre bruit. Même lorsqu'elle sauta sur place, le mouvement n'engendra aucun son. Flippant et fascinant à la fois.

Tel un cambrioleur dans la nuit, elle se faufila dans l'escalier, traversa le splendide salon et gagna la porte de la chambre de Faye. Elle tourna la poignée, ouvrit avec assurance.

La pièce était telle que dans ses souvenirs, en plus sombre. Le clair de lune brillait par la fenêtre, mais on avait du mal à y voir et Cassie ne pouvait pas prendre le risque de réveiller

Faye en allumant sa lampe torche. De nombreuses bougies rouges étaient éparpillées un peu partout, toutes éteintes évidemment. Elle attendit quelques secondes que ses yeux s'accommodent. Soudain des mots inconnus lui vinrent à l'esprit.

Par le pouvoir du soleil, qu'il fasse jour dans la nuit
Donne-moi la vue en cet instant précis.

Tout à coup, elle fut capable de voir dans le noir comme si elle avait enfilé des lunettes à vision nocturne. Faye était là, endormie, sa respiration à peine audible. Pendant une fraction de seconde, Cassie fut prise d'un accès de tendresse pour elle – c'était, de loin, l'état le plus paisible dans lequel elle l'avait vue. Elle avait presque un air enfantin, ainsi blottie avec sérénité dans son lit immense, entourée d'oreillers moelleux et de coussins brodés. Ses cheveux noirs emmêlés ruisselaient en longues boucles et encadraient son visage de telle manière que Cassie se souvenait à peine de ce qui rendait Faye si effrayante lorsqu'elle ne dormait pas.

Mais Cassie se força à laisser tout ça de côté. Elle se savait en terrain dangereux. Faye était le dragon assoupi qui protégeait son joyau. Un faux mouvement suffisait pour que Cassie…

Elle n'eut pas le temps d'aller au bout de ses pensées, le cache-sommier remua et la tête d'un chat roux apparut, suivie de celle d'un second, gris celui-là.

Elle avait oublié les chatons vampires de Faye. Ils étaient maintenant adultes. Et dotés de dents et de griffes bien plus pointues que la dernière fois qu'elle les avait croisés, pas de doute. Elle demeura parfaitement immobile et observa les créatures qui sortaient de dessous le lit. Certes, elle était silencieuse, mais les chats pouvaient toujours la voir et la sentir. Ils vinrent lui renifler le bout des pieds en ronronnant. Le roux tâta sa jambe jusqu'au genou et siffla. Puis le gris planta ses griffes dans son pied et s'attaqua avec méchanceté à sa cheville.

Jetant un coup d'œil en direction de Faye, elle agita le pied droit pour se débarrasser du gris, qui fut projeté à l'autre extrémité du tapis. Mais cela eut aussi pour effet d'enrager davantage son compagnon roux. Depuis le genou gauche de Cassie, sur lequel il avait encore les deux pattes avant, il bondit vers son visage, ses griffes acérées tout près de sa joue.

Non ! hurla Cassie, sans qu'aucun son ne sorte de sa bouche. D'un rapide geste défensif, elle attrapa l'animal par la peau du cou, mais il planta ses griffes dans son poignet et ses dents dans sa main. Du sang se mit à couler sur le sol.

Elle expulsa le roux de la chambre et lui referma la porte au nez avant qu'il ne se jette à nouveau sur elle. Le gris, qui en avait profité pour sauter sur le lit, asticotait Faye dans le cou, dans une tentative pour la réveiller.

— Aïe ! fit-elle.

Et, aussi rapide qu'un félin elle-même, Cassie fonça jusqu'au placard où elle s'enferma en silence avant que Faye ne puisse la repérer.

— Non, mais qu'est-ce qui te prend ?

Faye, tout à fait réveillée maintenant, gronda le chat gris.

Par réflexe, Cassie, dans le placard, retint sa respiration et ferma les yeux.

Faye ne dit plus rien, mais Cassie entendait les bruits de draps. Elle aurait parié que Faye sentait que quelque chose clochait. Des explications et des excuses lui vinrent à l'esprit en rafale. Si seulement elle connaissait un sort d'invisibilité. C'est bien la seule chose qui aurait pu la sauver si Faye décidait d'ouvrir son placard maintenant.

Mais cette dernière gloussa d'un air distrait.

— Voilà, c'est mieux, dit-elle. Laisse-moi dormir, maman a besoin de sommeil pour être belle. Tu peux dormir avec moi cette nuit si tu promets d'être sage.

Cassie soupira. Elle avait eu chaud. Lorsqu'elle rouvrit les yeux, le placard lui parut différent. Une étrange lueur bleu-vert émanait d'un vêtement suspendu tout près.

Le sort de localisation n'avait pas cessé de fonctionner. Le halo lumineux se situait à l'intérieur du blouson de cuir préféré de Faye, celui qu'elle portait tous les jours, quel que soit le temps. Elle tâta le cuir souple et le satin rouge et lisse qui constituait la doublure.

Bien sûr. Faye avait cousu la jarretière dans la doublure de la veste. C'était parfaitement logique.

Cassie s'attaqua au satin jusqu'à y faire un trou puis elle le déchira largement. Et là, au milieu de son écrin rouge, se trouvait la fameuse jarretière de cuir vert. Elle s'apprêtait à s'en saisir lorsqu'elle se souvint des étincelles qui lui avaient brûlé la main au sous-sol. Elle récupéra son obsidienne, la passa tout autour de la jarretière pour désactiver les envoûtements potentiellement créés par Faye. Puis, enfin, elle put s'en emparer.

L'Artéfact était lourd, triomphal, entre ses doigts. Elle le serra fort, admira ses boucles brillantes, sans arriver à y croire vraiment : elle avait réussi ! Mais elle n'avait pas le temps de se réjouir. Elle entendait le chat roux gratter à la porte de Faye. Il fallait qu'elle s'éclipse avant que celle-ci se réveille à nouveau.

Sans bruit, elle essaya de remettre la doublure en place, mais sans aiguille et sans sortilège approprié, ce serait impossible. Faye allait découvrir sa disparition dès le matin – c'était inévitable. Mais peu importait. Cassie serait déjà à Cape Cod, parée de toute la puissance des Artéfacts Primordiaux.

Elle laissa le blouson à sa place, comme une tombe pillée, sortit du placard, traversa la chambre. À l'instant où elle ouvrit la porte, le chat roux bondit à l'intérieur, mais Cassie était déjà dans l'escalier, et quelques secondes après, elle ressortait par où elle était entrée.

C'est à ce moment-là qu'elle s'en rendit compte : elle possédait désormais tous les Artéfacts Primordiaux, donc le pouvoir dont elle avait besoin pour sauver Scarlett, même sans l'aide du Cercle.

26

Cassie ouvrit les yeux à cinq heures pile le lendemain matin sans que son réveil ait eu besoin de sonner. Un peu comme si son corps était tellement à l'unisson avec la mission du jour que la technologie moderne et artificielle était soudain devenue superflue. Elle se sentait unie avec les éléments aujourd'hui, non plus à leur merci.

Elle quitta son lit et se vêtit solennellement, comme une guerrière sparte se préparant à la bataille. Elle s'enveloppa dans la robe droite et blanche que lui avait donnée Diana et, fièrement, plaça le bracelet sur le haut de son bras, la jarretière de cuir autour de sa cuisse, le diadème scintillant sur sa tête. Elle était prête pour venir en aide à sa sœur.

Elle descendit à la cuisine. Elle allait devoir emprunter la voiture de sa mère. Cependant, elle ne pouvait pas vraiment lui raconter qu'elle s'apprêtait à combattre les chasseurs de sorciers pour sauver la sœur dont elle avait omis de lui parler. Cassie la prendrait donc sans lui demander la permission. Cela semblait d'ailleurs le thème du jour : prends ce dont tu as besoin, accomplis ta mission, tu t'expliqueras ensuite. C'était ce qu'elle allait faire. Tout serait révélé plus tard, à sa mère, à Diana, à Faye, à Adam, à tout le monde. Mais pour l'heure, elle ne pouvait se laisser envahir par la culpabilité, cela aurait risqué de la distraire – il fallait qu'elle se concentre uniquement sur son trajet jusqu'à Cape Cod.

Pourtant, à mesure qu'elle s'éloignait de Crowhaven Road, puis de La Nouvelle-Salem, elle sentit en elle un certain malaise. Les nerfs, jugea-t-elle. Elle se convainquit que cette nervosité était normale : ce qu'elle faisait était dangereux. Les chasseurs avaient la magie noire avec eux.

Les Artéfacts Primordiaux ne me laisseront pas tomber alors que j'ai besoin d'eux, pensa-t-elle. Ce qui lui rappela la rose de calcédoine qu'elle avait cachée dans sa poche.

C'était le porte-bonheur que lui avait donné Adam il y avait un moment déjà, qui servait à le contacter si elle avait des ennuis – elle l'avait pris au cas où. Après tout ce qu'ils avaient traversé, après tous leurs désaccords de ces dernières semaines, Cassie croyait toujours en Adam et conservait sa confiance en leur lien. Avaient-ils besoin d'une pierre rare pour communiquer à ce point de leur relation ? Non, bien sûr que non. Elle avait peut-être emporté cette pierre par superstition, pourtant, sentir sa surface rugueuse sous ses doigts la calmait. La pierre paraissait vivante comme au premier jour où Adam la lui avait offerte. *Serre-la fort et pense à moi*, telles avaient été ses instructions. C'est ce qu'elle fit et elle sentit son courage grandir.

Lorsqu'elle franchit la frontière du comté, sa peur atteignit un nouveau palier. Le panneau décrépit précisait que la ville de Sandwich avait été créée en 1639, soulignant ses profondes racines historiques. La plus vieille cité de Cape Cod. Les Artéfacts eux-mêmes semblaient réagir à ce lieu. Cassie avait l'impression qu'ils émettaient de la chaleur. Elle la sentait brûler de plus en plus à mesure qu'elle progressait sur le trajet qui la menait à Hawthorne Street.

Elle prit conscience qu'elle aurait dû préparer un plan d'attaque, pour le moment où elle verrait les chasseurs. Elle connaissait la malédiction par cœur et les Artéfacts lui viendraient certainement en aide, mais maintenant qu'elle prenait peu à peu la mesure de la situation, des questions commencèrent à se former dans son esprit. Elle ignorait combien seraient ses ennemis. Le nombre de cibles de la malédiction était-il limité ? Et si jamais Scarlett était encore plus mal à son arrivée qu'elle ne lui était apparue en rêve ? Au fond d'elle, Cassie craignait que Scarlett soit déjà morte.

À nouveau, elle chercha la calcédoine de la main. Mais, même réconforté par le cristal, tout son être fut submergé par la terreur lorsque se dessina le 48 Hawthorne Street, au loin. La bâtisse était telle qu'elle se l'était figurée dans ses cauchemars, identique à l'image qui lui était venue grâce au sort de localisation. C'était un cabanon de plage au bardage en bois flotté gris, situé au bout d'une longue allée sablonneuse et désolée, flanquée d'une grande étendue d'eau et d'un marais. Aucune autre construction n'était visible à proximité.

L'effroyable sensation qui lui tenaillait le ventre s'accentua. Un reflux acide remonta de son estomac jusque dans sa gorge puis emplit sa bouche d'un goût immonde. La moindre parcelle de son corps lui intimait de faire demi-tour et de rentrer chez elle. Mais elle savait qu'elle ne pouvait pas se laisser dominer par la peur maintenant. Elle était allée trop loin pour ça.

Avec détermination, elle descendit de voiture, traversa les hautes herbes en direction de la maison, mais après quelques pas, elle se figea. Elle essaya d'avancer, c'était impossible. Une sorte de barrière magique protégeait le périmètre de la propriété, semblable à celle qu'avait érigée Faye autour de la jarretière. Rien d'infranchissable pour Cassie, puisqu'elle avait les Artéfacts. Elle toucha chaque relique l'une après l'autre, les remit en place et en appela silencieusement à leur pouvoir collectif. Ce n'était pas un tour de son imagination : les Artéfacts étaient chauds, elle en était certaine.

Sois dissous, puissant bouclier !

La voix qui sortit de sa gorge était grave et rauque. Elle dirigea toute son énergie vers la maison. Elle se concentra et répéta la formule, avec davantage d'ardeur cette fois, jusqu'à ce qu'elle sente le pouvoir des Artéfacts s'échapper d'elle en une projection brûlante.

Le sortilège produisit aussitôt son effet. Le nuage noir perché au-dessus du toit s'éclaircit et la force qui faisait office de barrière disparut. *Les reliques fonctionnent*, pensa-t-elle. Scarlett était sauvée ou presque.

Cassie ne tarda pas davantage et progressa sans encombre. Répétant mentalement la malédiction destinée aux chasseurs, elle avançait à pas lents et précautionneux, en état de méditation intense.

De près, elle put constater qu'à force d'être battue par le vent et les intempéries, la porte était pourrie, ramollie, dans un état de délabrement rare, pour du bois. Les fondations mêmes de la maison grinçaient et bringuebalaient dans les rafales, si bien qu'on aurait cru la construction sur le point de s'effondrer à tout moment. Cassie envisagea un instant de tenter un sort de protection sur elle-même avant d'entrer, ou peut-être de recommencer l'expérience du sort de silence pour l'aider à se faufiler à l'intérieur, puis elle se ravisa. Elle allait se présenter comme ça, sans truc lâche, sans tour de passe-passe. Les Artéfacts étaient les seuls outils dont elle avait besoin.

Elle tendit l'oreille, mais n'entendit aucune voix. Dans ce silence sinistre, sa crainte que Scarlett ait déjà été tuée se raviva. Cassie était hantée par une image de son corps sans vie, suspendu au plafond, oscillant comme le balancier d'une horloge, *tic-tac*, *tic-tac*. Mais elle ne pouvait se permettre la moindre distraction pour passer ce seuil. Elle n'aurait que quelques secondes pour lancer cette malédiction – moins en fait. Lancer la malédiction, sauver Scarlett et filer. C'était là son unique plan.

Tout doucement, Cassie posa la main sur la porte pourrie. À son grand étonnement, elle n'était pas verrouillée. Elle ne semblait même pas complètement fermée. De la paume, elle poussa avec précaution le battant humide, qui s'ouvrit sans effort. Cassie scandait déjà la malédiction à mi-voix, prête à tout, mais lorsqu'elle mit un pied à l'intérieur, la scène qu'elle découvrit ne ressemblait en rien à ce qu'elle avait vu dans ses cauchemars.

La pièce principale était vaste et bien rangée. Les murs étaient peints en bleu océan, surmontés d'une moulure blanche. Les parquets étaient fraîchement cirés, il faisait chaud et il flottait dans l'air une agréable odeur de cèdre à cause du feu dans la cheminée.

Scarlett était là, toute seule, allongée sur un canapé élimé face à la flambée. Ses cheveux rouges tombaient en cascade sur ses épaules, encadrant son visage narquois aux joues roses.

— Pas trop tôt, dit-elle. Je commençais à en avoir marre de t'attendre.

Cassie comprit immédiatement qu'elle avait commis une effroyable erreur. Tout cela n'était qu'un piège.

27

— Viens donc t'asseoir près du feu, dit Scarlett.

Elle souriait d'un air malsain.

Cassie tenta de s'élancer en direction de la porte, mais elle s'aperçut que ses pieds étaient à nouveau figés sur place, comme à l'extérieur du périmètre de la propriété.

— Que se passe-t-il ? demanda-t-elle.

— Tu peux approcher sans problème, en revanche, tu ne peux pas partir.

Le sourire de Scarlett s'élargit.

— Où sont les chasseurs ? voulut savoir Cassie.

Scarlett haussa les épaules.

— Je ne sais pas.

— Est-ce qu'ils existent au moins ?

— Oh, ils existent, pas de doute, répondit Scarlett. Ils ont tué ma mère et ils m'ont suivie jusqu'ici. C'est juste qu'ils ne m'ont jamais attrapée.

Elle tapota le coussin vide à côté d'elle sur le canapé pour indiquer à Cassie où s'asseoir.

— Ton Cercle n'a pas la moindre idée de ce qui l'attend avec les chasseurs. Mais du coup, ils ont constitué une couverture parfaite pendant que je pratiquais mes sortilèges d'invasion mentale.

Ainsi toutes ces fois où Cassie avait cru avoir des visions ou communiquer à travers l'espace et le temps avec sa sœur, tout ça n'était qu'un leurre. Le Cercle avait raison depuis le début : Cassie avait une vision brouillée des choses.

Certes, elle ne pouvait pas faire demi-tour et prendre la fuite, mais il lui restait les Artéfacts, dont l'énergie était palpable. Elle pouvait se protéger.

Elle toucha les reliques, invoqua leur pouvoir. Aussitôt, les Artéfacts s'échauffèrent – trop, cette fois. Ils lui brûlaient la peau, comme s'ils lui en voulaient.

— Tu sens la brûlure ? demanda Scarlett.

D'une manière ou d'une autre, elle avait réussi à retourner les Artéfacts contre Cassie. Ils étaient désormais pleins de colère, d'impétuosité, transformés en instruments de torture.

— Je vais te soulager, annonça Scarlett.

Sans qu'elle eût à produire le moindre effort, d'un simple claquement de doigts, les Artéfacts Primordiaux obéirent à son appel. Attirés comme le métal par l'aimant, ils se détachèrent du corps de Cassie pour voler jusque dans les mains tendues de Scarlett.

Mais comment ? Comment pouvait-elle avoir autant d'influence sur les Artéfacts ? Elle devait être une sorcière encore plus puissante que ce que Cassie avait imaginé.

— Quel dommage, vraiment, que tu n'aies jamais pratiqué la magie noire, commenta Scarlett devant l'ébahissement de Cassie face à ses talents.

Brutalement, Cassie se sentit nue, glacée, avec la seule robe blanche sur elle. Impuissante et assommée, elle frissonna.

— Qui es-tu ? demanda-t-elle.

— La fille de Black John. N'est-ce pas évident ? dit Scarlett en désignant les Artéfacts.

— Alors on est vraiment sœurs.

— Oh oui, ça c'était vrai.

Scarlett, qui portait désormais les Artéfacts par-dessus son tee-shirt et son jean noirs, s'empara d'un tisonnier dans la cheminée. Cassie se raidit, puis se détendit à nouveau en voyant qu'elle se penchait pour récupérer un sachet de marshmallows à côté du canapé. Elle embrocha une guimauve au bout du tisonnier en métal noir et la maintint au-dessus du feu.

— Ces Artéfacts m'étaient destinés, déclara Scarlett. Toute ta vie m'était destinée.

— Je ne te crois pas, répondit Cassie en faisant de son mieux pour paraître sûre d'elle et et maîtriser pleinement ses moyens. Je n'ai aucune raison de croire un seul mot de ce que tu me dis.

Scarlett éclata de rire.

— Oh que si, au contraire.

Elle observait le marshmallow qui se teintait de brun au-dessus de la flamme. Elle semblait se réjouir de le voir lutter pour maintenir sa forme avant de succomber à la chaleur.

— C'était moi qui étais censée être membre du coven comme les autres. Je suis née en novembre, comme les autres. Pas toi. Tout ce dont tu as profité depuis ton arrivée à La Nouvelle-Salem, tout m'appartient de droit.

— Non, s'indigna Cassie.

Ça ne pouvait pas être vrai.

— Eh si. Tu n'étais qu'une arrière-pensée, un plan de secours.

Cassie avait envie de vomir. L'odeur sucrée du marshmallow fondant n'aidait pas.

Scarlett faisait tourner le pic dans sa main comme une rôtissoire.

— Et maintenant je suis venue récupérer la place qui me revient dans le Cercle. Mais je vais d'abord devoir te tuer.

Elle braqua ses yeux noirs sur Cassie.

— Quelle poisse, non, sœurette ?

Scarlett saisit le tisonnier à deux mains. C'est alors que Cassie comprit l'ampleur du danger qui la guettait. Scarlett semblait effectivement assez cinglée pour la tuer. Il fallait qu'elle la convainque de changer d'avis.

— Pourquoi m'éliminer alors que nous pourrions devenir leaders ensemble, toi et moi ?

Scarlett écarquilla les yeux.

— Vraiment ?

Sa voix prenait des accents enfantins.

— Tu voudrais bien ?

Cassie hocha la tête avec énergie.

— Bien sûr, dit-elle en essayant de paraître crédible. On se débarrassera de je ne sais qui pour te laisser une place en tant que douzième membre. Crois-moi, les maillons faibles ne manquent pas.

Les lèvres rouge foncé de Scarlett s'ourlèrent d'un sourire mauvais et elle se mit à rire de tout son corps.

— Tu es vraiment pathétique, railla-t-elle. OK, tu ne sais pas grand-chose, mais même toi, tu dois bien savoir que ça ne fonctionne pas comme ça.

Elle retira le tisonnier des flammes. Le marshmallow était maintenant en feu, rouge vif comme un charbon ardent.

— Il doit y avoir un mort pour que le lien du Cercle soit brisé, reprit-elle. Et quel que soit le membre qui meurt, il doit être immédiatement remplacé par quelqu'un du même sang.

Elle agita la pointe chauffée à blanc du tisonnier sous le nez de Cassie.

— Tu l'ignorais ? Peut-être que tes amis et toi n'êtes pas encore arrivés à cette leçon à l'école des sorciers ? Tu étais vraiment une cible facile, poursuivit Scarlett. Jusqu'à ce que ce sort de protection m'empêche de te tuer à La Nouvelle-Salem.

— C'est toi qui as saboté mes freins, dit Cassie.

Elle commençait enfin à comprendre.

Scarlett ignora l'accusation.

— Mais maintenant, tu es vulnérable. Le sort de protection, c'est fini. Et tu n'as pas ton précieux Cercle pour te sauver.

Cassie tenta de penser à une formule, n'importe laquelle, qui la tirerait de ce mauvais pas, mais aucune ne lui vint à l'esprit. C'était comme si son cerveau s'était remis à zéro. Scarlett avait réussi à réduire ses pouvoirs à néant.

— Puisque tu as apporté les Artéfacts jusqu'à moi, je ne devrais avoir aucun mal à te supprimer.

Scarlett approcha le tisonnier brûlant à un centimètre du visage de Cassie.

Elle va me brûler, pensa celle-ci. *Elle va me faire flamber.*

— Inutile de gaspiller ton énergie à chercher un sort, l'avertit Scarlett. Dans cette maison, seule la magie noire fonctionne.

La magie noire. Cela expliquait tout.

Cassie n'avait peut-être pas les mots pour invoquer l'Eau, mais il fallait qu'elle fasse quelque chose. Elle n'avait pas le choix. Elle envoya valser le tisonnier, en sachant pertinemment qu'elle se brûlerait la main, mais cela fonctionna. L'arme échappa à Scarlett et fut projetée à l'autre bout de la pièce, où elle atterrit sur un épais tapis dans un bruit sourd.

Cassie était assez fière d'elle, mais Scarlett ne parut pas le moins du monde désarçonnée.

— Joli, commenta-t-elle. Je n'aurais pas pu faire mieux moi-même.

Elle attira l'attention de Cassie sur la fumée qui s'élevait du tapis où avait échoué le tisonnier. À cet instant, la fumée laissa la place à une petite flamme toute neuve.

Les yeux noirs de Scarlett étincelèrent, reflétant l'éclat argenté du diadème et du bracelet, et les boucles de la jarretière. D'un unique geste de la main, elle attisa le petit brasier pour qu'il s'étende sur le sol tout entier et grimpe aux quatre murs du cabanon, emprisonnant Cassie dans une tente étouffante et enflammée.

Quelle idiote, pensa-t-elle. *Quelle idiote de m'être montrée aussi confiante.*

Elle se mit à trembler en voyant le feu. Il était impossible d'échapper à un incendie de cette ampleur.

— Tu es allée trop loin, cria-t-elle. Tu vas brûler avec moi.

Scarlett se leva et, très calme, traversa les flammes pour rassembler ses affaires.

— Encore un détail que tu ignores, observa-t-elle en tirant ses vêtements du placard pour les jeter dans un grand sac de voyage. Le sort de protection contre le feu. Un des préférés de papa.

La fumée emplissait la pièce. Elle prit Cassie à la gorge, fit apparaître des larmes irritées dans ses yeux, mais Scarlett, elle, ne semblait pas en souffrir.

— Non ! hurla Cassie en voulant approcher de Scarlett, mais de quelque côté qu'elle se tourne, elle ne pouvait avancer que de deux ou trois pas.

Le feu empêchait toute sortie. Une poignée de minutes suffiraient à la réduire en cendres.

— Je t'en prie, Scarlett, nous sommes sœurs. Ne fais pas ça, s'il te plaît !

Scarlett se tenait immobile, ses bagages à la main. Des flammes furieuses dansaient et crépitaient autour d'elle, une fumée noire enveloppait son corps telle une tornade sinistre.

— Reste digne, Cassie.

Scarlett laissa tomber ses sacs et s'approcha délibérément. Elle se pencha tout doucement sur elle, comme un serpent, pour la regarder droit dans les yeux.

— Et notre père, est-ce qu'il t'a suppliée, quand tu l'as tué, Cassie ? Je parierais que non.

Scarlett avait les yeux de leur père, se rendit compte Cassie. Ces billes d'un noir d'encre étaient froides comme la mort, comme celles de Black John. Elle était bien plus sa fille que ne l'était Cassie. Comment avait-elle pu se laisser berner à ce point ?

Soudain elle se souvint de ce qu'avait dit sa mère à propos de Black John. Il n'était pas entièrement mauvais.

— Tu n'es pas obligée de faire ça, pleura-t-elle en essayant d'adoucir le regard glacial de Scarlett. Il reste de la bonté en toi, même maintenant. Tu peux choisir de ne pas être comme lui.

— Je sais.

Scarlett écarta Cassie d'un coup de talon de ses bottes noires.

— Mais franchement, ce ne serait pas très marrant.

28

Les flammes rugissaient et crachaient avec une intensité maléfique, comme si le brasier avait une volonté propre. L'atroce chaleur mit Cassie à genoux. Elle toussait, ne pouvait plus reprendre son souffle et bientôt elle s'abandonnerait à sa puissance dévorante. Scarlett jeta un ultime coup d'œil dans sa direction.

— Au revoir, Cassie, j'ai été ravie de faire ta connaissance.

Le visage de Cassie cuisait sous l'effet des flammes. *Voilà à quoi doit ressembler l'enfer*, pensa-t-elle, *à cette torture sans fin par le feu*. Loin de sa mère, de ses amis, d'Adam, elle agonisait seule. En présence de Scarlett, digne fille de Black John, la méchante sœur, le dernier visage sur lequel elle poserait les yeux avant sa mort.

Mais elle ne pouvait pas abdiquer comme ça. Elle se força à se relever et vint aussi près de Scarlett que le lui permettaient les flammes. Les Artéfacts s'étaient teintés d'un éclat foncé sur le corps de Scarlett. *Black John est en elle*, songea Cassie.

Mais il est aussi en moi.

Scarlett parut remarquer un changement dans ses yeux. Un changement qui suffit à la faire reculer d'un pas.

— Il est en moi, affirma Cassie, à voix haute, cette fois.

Cela parut déclencher un mécanisme secret à l'intérieur d'elle, comme un groupe électrogène prend automatiquement le relais en cas de panne d'électricité.

Scarlett continua de reculer en direction de la sortie. Le sort de protection contre le feu fonctionnait toujours sur elle, mais soudain, elle avait peur.

Le pouvoir du feu, pensa Cassie. *Le pouvoir du feu est en moi.*

Brutalement, quelque chose s'ouvrit, tout au fond de la poitrine de Cassie : cet espace sombre auquel elle n'avait jamais accédé auparavant. Elle fut terrifiée par l'explosion d'énergie qu'elle ressentit à l'instant où le mot franchissait ses lèvres :

— Brûle ! ordonna-t-elle.

Et Scarlett s'embrasa. Au beau milieu des flammes qui la menaient à la porte, elle poussa un cri aussi violent que celui qu'avait entendu Cassie dans son cauchemar. Elle ne bénéficiait plus de la protection, elle ne pouvait plus quitter saine et sauve le brasier pour rejoindre l'air pur au-dehors.

Scarlett s'écarta de la porte et consacra toute son énergie à éteindre manuellement le feu qui dévorait ses vêtements. Puis elle se tourna vers Cassie.

— Je te croyais gentille, dit-elle.

Cassie se tenait très droite, pleine de vigueur.

— Je t'ai crue gentille, moi aussi.

Cassie sentait remuer quelque chose dans ses tripes. Cette chose remonta dans sa gorge, comme de la bile noire, et sortit par sa bouche sous la forme d'un cri qui fit exploser l'arrivée d'eau de l'évier et apparaître un geyser. Là, les murs se mirent à trembler, et tous les tuyaux cédèrent, les uns après les autres, éclaboussant la pièce de torrents d'eau froide entremêlés. En quelques secondes, l'incendie fut éteint.

Scarlett s'éloigna encore, choquée par la tournure que venaient de prendre les événements. Cependant, elle avait à sa disposition toute une panoplie de sortilèges, ainsi que les Artéfacts, pour amplifier ses pouvoirs.

— *Fragilis !* hurla-t-elle en projetant ses mains sur Cassie, paumes ouvertes.

C'était un sort en latin que Cassie ne comprit pas, mais qui la fit s'effondrer à terre, comme si elle avait été brutalement vidée de toute son énergie. Son corps lui semblait lourd, la pièce se mit à tournoyer sur elle-même. Elle ne parvenait même plus à soulever sa tête.

— *Sentis inferma.*

Scarlett pointa ses doigts sur la tête de Cassie, puis sur son cœur.

Celle-ci se sentit alors si faible, si épuisée, si essoufflée qu'elle se crut sur le point de s'évanouir, persuadée, même, qu'elle était en train de mourir.

Voilà, c'était terminé, pensa Cassie. Scarlett était tout simplement trop forte. Elle avait perdu.

Elle aurait tant aimé revoir Adam, elle aurait tant aimé qu'il soit le dernier visage qu'elle contemple avant son dernier souffle. Elle se souvint de la rose de calcédoine dans sa poche et s'en empara faiblement. Il lui fallut toute sa détermination pour parvenir à la prendre dans sa main. Elle la serra aussi fort qu'elle le put et imagina le visage aimant, solide, d'Adam avec une telle concentration qu'elle aurait juré qu'il apparaissait devant elle. La fumée s'éclaircissait, et la chevelure auburn d'Adam était si proche, si réelle, qu'il lui semblait en distinguer le moindre reflet. Voilà donc à quoi ressemblait la mort. Cassie était trop affaiblie pour sourire, mais elle fut heureuse que son ultime vœu ait été exaucé.

Il lui fallut un instant pour comprendre qu'Adam se trouvait bel et bien dans la maison, à genoux au-dessus d'elle. C'était vraiment lui. Il prit son visage entre ses mains, l'appela. Elle se sentait perdre connaissance par intermittence. Comme dans ses cauchemars ou ses visions, sa vue était à la fois floue et extrêmement nette, dans une confusion désordonnée et troublante. Mais le lien entre Adam et elle était plus qu'intense. Le fil d'argent qui les unissait de manière invisible d'ordinaire se matérialisa, plus vif et plus net que Cassie ne l'avait jamais vu. Il semblait si réel qu'elle aurait juré pouvoir le toucher du bout des doigts. La poitrine débordant d'amour, elle suivit son tracé du cœur d'Adam jusqu'au sien. Mais en y regardant de plus près, elle remarqua un détail étrange. Il y avait deux fils d'argent. L'un réunissait Adam et elle, l'autre Adam et Scarlett.

Subitement, ils disparurent. En un clin d'œil. Cassie n'était même pas certaine qu'Adam les ait vus.

Ce devait être une erreur, une hallucination. Il lui était désormais impossible de différencier ce qui était réel des tours que lui jouait son imagination.

— Cassie.

Adam gardait son visage entre ses mains.

— Reste avec moi, Cassie. Reste éveillée.

D'un clignement de paupières, elle fit disparaître les larmes qui brouillaient ses yeux. Elle vit alors que tous étaient là – Diana et le coven au complet. Scarlett était cernée.

— Donne-nous les Artéfacts et nous ne te ferons aucun mal, déclara Diana.

— J'aimerais bien te voir essayer, répliqua Scarlett en riant.

Diana était immobile. Après quelques secondes, elle se rendit compte qu'elle ne pouvait faire usage de sa magie. Scarlett en profita pour tendre les bras dans sa direction.

— *Praestrangulo*, dit-elle.

Aussitôt, Diana porta ses deux mains à sa gorge et tomba à genoux, la respiration difficile.

— Elle suffoque !

Adam se remit debout d'un bond, Cassie cria, mais elle était trop faible pour l'en empêcher. Il approcha de Scarlett d'un pas décidé en scandant :

— La terre est mon corps, l'eau, mon sang.

Faye et tous les autres l'imitèrent.

— La terre est mon corps, l'eau, mon sang, l'air, mon souffle, le feu mon esprit !

Cassie hurla :

— Ça ne marchera pas !

Mais personne ne l'écoutait, ou peut-être sa voix n'était-elle qu'un murmure. Elle n'arrivait pas à savoir.

— *Caecitas !* lança Scarlett en balayant le groupe d'un geste.

Adam fut le premier à réagir.

— Je ne vois plus rien.

Les uns après les autres, ils se mirent à hurler, la main sur les yeux. Scarlett venait de les aveugler.

Diana se tordait sur le sol, bleue sous l'effet de l'étranglement. Cassie n'avait pas de force, mais il fallait qu'elle agisse. La noirceur était en elle ; elle ne devait pas craindre de s'en servir. Même si cela devait la tuer, c'était le seul moyen de sauver ses amis.

Il lui fallut toute son énergie pour se mettre debout.

Scarlett, la voyant sur ses jambes, s'empara de ses bagages et courut vers la porte.

Cassie mobilisa tout son esprit et parvint à pousser un cri qui l'affaiblit encore davantage :

— Scarlett !

Cassie scruta son âme, à la recherche de la formule du sort le plus violent qu'elle puisse imaginer, mais quelques secondes suffirent à Scarlett pour franchir la porte et disparaître.

— *Magicae negrae conversam*, ânonna Cassie faiblement.

Tels furent les mots qui lui vinrent après la fuite de Scarlett.

Dans un bruit rauque, Diana réussit à reprendre son souffle. Adam cligna des yeux et recouvra la vue. Peu à peu chacun revint à lui. Cassie, ayant retrouvé ses forces, approcha d'Adam pour le soutenir. Il s'était griffé les paupières, à force de s'acharner dessus.

— Tu as su défaire les sorts de Scarlett ? lui demanda-t-il.

Elle confirma d'un hochement de tête puis observa les visages en sueur, noirs de suie de ses amis, qui avaient risqué leur vie pour la sauver. Comment pourrait-elle un jour se faire pardonner ce qu'ils venaient de subir ?

— Je me suis trompée à propos de Scarlett. Mais j'imagine que vous aviez deviné.

Les traits de Diana étaient encore marqués par la suffocation.

— Que s'est-il passé ? demanda-t-elle. Scarlett était intouchable.

— Tu avais raison, elle est maléfique, dit Cassie, à peine capable de regarder Diana en face. Elle avait recours à la magie noire. C'était la seule magie capable de fonctionner ici, d'après elle. C'est pour ça qu'aucun d'entre nous ne parvenait à jeter des sorts.

— Mais alors, comment as-tu… ?

Diana s'interrompit au milieu de sa question, quand la réponse lui vint naturellement.

Cassie baissa la tête. Elle entendit Faye décrire un grand cercle autour de la pièce détruite par les flammes. Les vestiges du sol craquaient sous ses bottes à chacun de ses pas.

— J'en étais sûre, s'exclama Faye. Cassie a de la magie noire en elle.

C'était vrai. Il était inutile de le nier, bien que Cassie en eût très envie.

Terrifiée, elle scruta le visage d'Adam, pour voir quelle serait sa réaction.

Mais les yeux d'Adam s'emplirent de larmes et il l'attira contre son torse.

— Je suis tellement heureux que tu n'aies rien.

Cassie, qui n'avait pas l'impression de mériter cette étreinte réconfortante, tenta d'échapper à ses bras.

Adam la serra plus fort.

— Tu nous as sauvé la vie.

— J'ai failli vous tuer, oui, rectifia-t-elle, cette fois incapable de retenir ses larmes. Tout est ma faute. Absolument tout. Je vous demande pardon.

Diana posa la main sur son dos.

— Nous sommes tous ensemble dans cette histoire. Et nous sommes tous sains et saufs. C'est la seule chose qui compte.

Cassie se mit à sangloter sur la poitrine d'Adam.

— Mais je veux faire le bien.

— C'est ce que tu fais, la rassura Diana.

Elle vint se placer derrière Cassie, de sorte que celle-ci se retrouvait étreinte entre ses deux amis.

— N'en doute pas une seconde.

— C'est Scarlett qui est mauvaise, pas toi, insista Adam.

Cassie appréciait leur soutien. Ils ne pensaient pas à mal, elle le savait, mais en vérité, aucun d'entre eux ne pouvait être certain de ce qu'impliquait pour elle cette aptitude à la magie noire.

Faye lui sourit, l'air de la voir sous un jour nouveau.

— Alors ça fait quoi ?

— Ça donne juste envie de rentrer à la maison, répondit Cassie.

29

Tous se remirent miraculeusement bien de l'affrontement. Un peu de savon et d'eau, ainsi que des vêtements propres suffirent à leur redonner leur apparence naturelle.

Diana prépara une tisane puis rejoignit le salon avec son plateau.

— Faye est là ? demanda-t-elle.

Le Cercle avait hâte d'entendre ce qui s'était passé à Cape Cod avant leur arrivée et d'éclaircir ce qu'ils ne comprenaient toujours pas.

— Nous devrions commencer sans elle, observa Suzan en attaquant la petite peau autour de ses ongles.

Diana jeta un regard inquiet à Adam et interrogea Suzan :

— Où est-elle ?

— Tout le monde sait très bien où elle est, intervint Laurel. Avec Max.

— Moi je n'ai rien dit, avertit Suzan.

— Nous devrions peut-être commencer sans elle, suggéra Cassie.

Elle savait que c'était une chance incroyable qu'aucun d'entre eux ne soit blessé et elle était impatiente de présenter une fois de plus ses excuses pour ses erreurs.

— Je voudrais être certaine de ne plus jamais vous mettre en danger, alors j'ai beaucoup de choses à vous raconter.

Faye passa la porte à cet instant précis. Dans ses yeux se lisait une énergie palpable. Elle avait les joues très rouges et ses lèvres pulpeuses semblaient presque enflées par le sang.

— Désolée, je suis en retard.

— Il faut que tu arrêtes avec Max, s'énerva Adam. Il va falloir qu'on te le répète combien de fois ? On n'est pas certains de pouvoir lui faire confiance.

Faye porta la main au pendentif noir à son cou, et Cassie surprit quelque chose d'inhabituel dans son regard.

— Je me suis excusée, dit Faye en continuant de jouer avec son bijou.

Elle avait toujours son ras du cou orné d'une étoile rouge, mais le pendentif était nouveau. C'était une opale noire et scintillante.

— C'est Max qui te l'a offert ? demanda Cassie.

Immédiatement, Faye lâcha son collier et lui lança un regard menaçant. Cependant, cette dernière remarqua qu'elle avait rougi. Soudain, Cassie comprit la vérité : les sentiments de Faye pour Max étaient réels.

Mélanie soupira fortement.

— Nous n'aurions pas des sujets de discussion plus importants que la vie amoureuse de Faye ?

— Absolument, fit Diana. Cassie, tu peux nous résumer ce que nous avons raté ?

Celle-ci se plaça au centre de la pièce.

— D'abord, je voudrais m'excuser officiellement auprès de chacun d'entre vous. Jamais je n'aurais dû vous trahir comme je l'ai fait. Surtout vous, mes deux coleaders, Diana et Faye.

— Tu n'es pas obligée, intervint Nick depuis sa place dans l'angle.

Tous opinèrent.

Faye se fit railleuse.

— Non mais je rêve. Vous la laissez s'en tirer aussi facilement ? Si c'était moi qui avais volé les Artéfacts et si en plus, je les avais perdus…

— Le Cercle te pardonne, Cassie, poursuivit Diana, coupant la parole à Faye. Mais à l'avenir, n'oublie pas que nous sommes ta famille, nous aussi.

— Je le sais maintenant. Je le savais, mais je crois que ça m'a échappé.

Le cœur de Cassie battait la chamade.

— Tu es ma sœur depuis que je suis arrivée ici, dit-elle à Diana. Et tu es l'unique sœur dont j'aurais jamais besoin.

Les yeux de Diana s'embuèrent.

— Merci, répondit-elle.

Mélanie s'éclaircit la gorge.

— Je suis désolée de devoir interrompre cet instant d'émotion, mais peut-être que Cassie devrait nous raconter ce qu'elle a appris à propos de Scarlett, pour qu'on sache à quoi s'attendre.

— Bien sûr, fit Cassie.

Elle entreprit d'expliquer comment Scarlett l'avait piégée, pour l'attirer en dehors de la sphère du sort de protection, précisant au passage qu'elle était la fille que Black John avait l'intention de laisser au coven.

Nick approcha solennellement de Cassie.

— Donc Scarlett veut te tuer.

— Oui. Pour pouvoir obtenir ma place dans le Cercle, parce que nous sommes du même sang.

— Et les chasseurs de sorciers ? interrogea Mélanie. Qui a tué grand-tante Constance et Portia ?

— Et qui a brûlé le symbole sur ma pelouse ? demanda Laurel d'une voix que la terreur faisait monter dans les aigus.

Carrie prit une grande inspiration.

— Les chasseurs existent bel et bien, ils sont toujours dans la nature. Mais Scarlett n'avait rien à voir avec eux. Elle en a juste profité pour utiliser contre nous notre peur des chasseurs.

— On est foutus, dit Faye, et Cassie nota qu'une fois encore, elle saisissait le pendentif autour de son cou.

Il y avait quelque chose dans ce bijou qui attirait Cassie, dans sa manière de capter la lumière.

— Je peux y jeter un coup d'œil ? demanda-t-elle soudain.

Avant que Faye ait le temps d'opposer la moindre résistance, elle s'empara de la pierre et en étudia la surface. Elle était légèrement translucide, pas totalement noire. C'était plutôt un assemblage de vert, de bleu et de rouge. En la faisant basculer d'un côté puis de l'autre, Cassie remarqua le perpétuel changement de couleur des reflets sous la lumière.

À l'instant où elle le vit, le sang de Cassie se glaça. Camouflé dans la fascinante surface de l'opale, scintillant d'un éclat iridescent, se trouvait le symbole des chasseurs.

— Oh, non, Faye. Tu as été marquée.

Le reste du groupe s'étrangla.

— Ce n'est pas possible, s'écria Faye en baissant les yeux vers son collier. Non !

Elle venait de reconnaître le symbole.

— Il n'a pas pu me faire ça !

Pendant quelques minutes, personne ne parla. Cassie parcourut la pièce des yeux, observant chacun de ses amis. Avec quelle rapidité l'énergie s'était modifiée… La toute-puissante Faye s'était effondrée.

Elle semblait métamorphosée. Ses larges épaules s'étaient voûtées, son visage avait perdu toute couleur. Elle s'assit sur le canapé, se replia sur elle-même, en larmes. Aucun d'entre eux n'aurait pu anticiper cette attitude.

— Comment est-ce possible ? demanda-t-elle.

Elle avait les yeux injectés de sang, du mascara noir plein les joues. C'était la première fois que Cassie la voyait pleurer.

— Je ne comprends pas comment ça a pu arriver.

— Max est un chasseur de sorcières, affirma Mélanie, sûre d'elle. C'est lui qui te l'a offert.

— Ce qui signifie que le principal en est probablement un lui aussi, conclut Adam en jetant à Cassie un regard lourd de sens. Comme tu l'avais deviné.

Mélanie opina.

— Tel père, tel fils, ajouta-t-elle.

Cassie ne pouvait pas se féliciter d'avoir eu raison à propos du directeur, surtout dans un moment comme celui-là.

Elle aurait préféré avoir été victime d'une crise de paranoïa idiote.

Diana s'assit à côté de Faye et lui prit doucement la main.

— Je sais que tu es sous le choc, Faye, mais il faut nous répéter tout ce que tu as pu raconter à Max.

Faye releva la tête. Des larmes suspendues à ses cils noirs, elle avait un air complètement hagard.

— Je ne m'en souviens même pas.

Elle détacha le collier et le laissa tomber sur la table.

— J'ai cru qu'il craquait vraiment pour moi, remarqua-t-elle à mi-voix, presque pour elle-même. Je ne voulais pas vous le dire, mais j'ai désactivé le philtre d'amour il y a un moment déjà. Pour voir si ses sentiments étaient…

Elle ne put même pas le dire. Diana entoura Faye de ses bras et celle-ci, de manière assez incroyable, la laissa faire. Cassie fut forcée de détourner le regard. Voir Faye le cœur brisé était presque aussi brutal que de la savoir marquée.

— Pourtant, il semblait complètement envoûté, avança Laurel.

— Peut-être était-il immunisé depuis le début, au contraire, et il a fait semblant pour se rapprocher de nous, suggéra Adam.

Cassie tenta de le faire taire d'un coup d'œil. Certes, Laurel et lui rassemblaient les morceaux du puzzle pour essayer d'y voir clair, et c'était nécessaire, mais ils pouvaient le faire depuis la pièce voisine, loin de Faye. Ils semblaient ne pas se rendre compte de l'effet de leurs paroles sur Faye, qui se mit à pleurer de plus belle. Mais Cassie, elle, comprenait. Lorsque Faye avait désactivé le philtre d'amour, constatant que Max continuait de faire comme s'il ne pouvait pas se passer d'elle, elle avait cru qu'il éprouvait pour elle un amour sincère.

Mélanie secoua la tête avec incrédulité.

— Donc les chasseurs connaissent deux d'entre nous, résuma-t-elle. Et sans les Artéfacts, nous ne sommes pas assez forts pour les vaincre.

— Sans compter que Scarlett cherche à tuer Cassie, rebondit Nick.

Diana serrait toujours Faye dans ses bras.

— Ce n'est pas le moment de paniquer, dit-elle, d'une voix pourtant tremblante. Il faut rester unis, nous soutenir et nous protéger les uns les autres.

Elle regarda Cassie bien en face.

— Nous allons trouver un moyen. Nous y arrivons toujours.

30

Depuis le perron, Cassie apercevait l'écran bleuté de la télévision qui clignotait, comme une lumière stroboscopique dans une maison hantée. Sa mère devait l'attendre.

— J'y vais, déclara Cassie, la main sur la poignée de porte. Elle n'est pas couchée.

— Pas tout de suite.

Adam lui prit la main et la serra fort.

— Avec tout ce qui nous arrive, après tout ce qui s'est passé… Surtout, dis-toi qu'on va s'en sortir.

— Je sais.

— Tu es sûre ?

Il se pencha pour l'embrasser, mais s'arrêta à quelques millimètres de ses lèvres. Cassie sentait son souffle sur sa peau, la chaleur de son corps tout près du sien. Elle soutint son regard, son cœur battait la chamade dans sa poitrine.

— Je n'ai aucun doute, affirma-t-elle.

Elle l'attira à elle. Les douces lèvres d'Adam entrèrent en contact avec les siennes. Dans un abandon qu'elle avait fini par oublier, ils se fondirent pour ne faire plus qu'un. Elle se laissa emporter.

Ils s'embrassèrent follement pendant un moment, puis Cassie reprit sa respiration, calma son rythme cardiaque. Elle leva les yeux vers lui, captivée par le fil de la vie qui vibrait entre eux : ce fil d'argent, ce lien mystérieux qui les unissait depuis leur rencontre et les unirait toujours. Il était plus solide aujourd'hui que jamais. Après les émotions contradictoires, parfois éprouvantes qu'avait ressenties Cassie ces dernières semaines, une chose émergeait, vive et nette : la conscience toute neuve de la chance qu'elle avait d'avoir Adam à ses côtés.

— Je t'aime, dit-elle.

Un grand sourire se dessina sur son visage.

— Moi aussi, je t'aime.

Elle l'embrassa une fois encore, plus tendrement, puis respira l'odeur de sa peau.

— Je t'aime vraiment, insista-t-elle.

Des étincelles apparurent dans les iris bleus d'Adam et il se mit à rire.

— Tu sais qu'on peut jouer à ce petit jeu toute la soirée.

— Ou toute notre vie, compléta Cassie avec un sourire radieux.

Elle n'arrivait pas à détacher son regard de ses yeux, qui l'attiraient toujours plus près.

— Ou même plus.

Cassie rentra enfin et s'arrêta sur le seuil de la maison juste après avoir refermé la porte. Sa mère semblait presque un fantôme, et paraissait aussi effrayée que si elle venait d'en voir un. Cassie avait honte de l'avoir autant inquiétée. Sa mère avait toutes les raisons d'être en colère.

— Maman. Je suis vraiment désolée.

Comme sa mère ne répondait pas, elle ajouta :

— Il fallait que j'aille à Cape Cod, c'était une urgence. Ensuite…

— Oublie la voiture. Est-ce que tu vas bien ?

Cassie hocha la tête et déposa son sac à la porte. Elle vint se blottir dans les bras de sa mère. Levant la tête, elle espéra apercevoir un signe de répit dans ses yeux. Au lieu de quoi une expression peinée apparut sur son visage, comme s'il était submergé par une immense vague de douleur.

— Maman ? demanda Cassie, qui ne savait même pas quoi dire.

Les grands yeux noirs de sa mère, ombrés par des cernes foncés, s'emplirent de larmes.

— J'ai cru que tu avais fugué, dit-elle. Après ça, j'étais persuadée que tu étais morte. Je sentais ta douleur, je l'aurais juré.

Elle s'exprimait d'un ton posé, lourd de regrets. Cassie comprit alors que sa mère devait sûrement sentir ses souffrances comme par télépathie. Elles étaient liées et autant sorcières l'une que l'autre, après tout.

— Tu as paru t'éloigner de moi au moment même où j'ai cru que nous étions plus proches, expliqua sa mère. Est-ce que j'ai dit ou fait quelque chose qui t'a fâchée ? Parle-moi.

En apprenant que sa mère lui avait caché l'existence de Scarlett, Cassie avait eu l'impression d'une trahison immense : comment imaginer pire secret ? Mais désormais, à voir son visage fragile et repentant, elle comprenait que c'était pour la protéger. Sa mère devait savoir que Scarlett avait basculé du côté sombre.

— Oh, maman. Je n'étais pas en colère, juste perdue. Complètement perdue.

Après tout ce qui s'était passé, il était temps d'avouer enfin la vérité.

— J'ai tant de choses à te raconter.

Cassie ne savait pas par où commencer, mais elle fit de son mieux pour s'exprimer calmement sans rien oublier. Les poings serrés, elle relata son histoire sans s'interrompre, pendant une éternité, lui sembla-t-il. Enfin, sa mère reprit son souffle et ferma les yeux. Cassie pouvait maintenant se taire et la laisser parler.

— Comme Scarlett, sa mère ne refusait pas, elle non plus, le côté sombre de Black John, expliqua-t-elle. Elle avait été exclue du cercle pour avoir pratiqué la magie noire. Mais j'espérais que ces jours étaient derrière nous. C'est pour cette raison que je n'ai jamais mentionné l'existence de ta demi-sœur.

Cassie hocha la tête, et sa mère prit son visage entre ses mains.

— Je ne t'aurais jamais caché ça, si j'avais su que cela te mettrait en danger.

— Ce n'est pas ta faute. J'aurais dû t'en parler quand je l'ai rencontrée.

— Ce n'est la faute de personne. Néanmoins, voilà où ça nous a menées.

Sa mère prit une grande inspiration et se leva.

— Il y a quelque chose que je dois te donner, mais j'attendais que ce soit vraiment nécessaire, reprit-elle, énigmatique. Cela semble être le bon moment.

Son ton intrigua Cassie.

— De quoi s'agit-il ?

— Je reviens.

Elle quitta la pièce plus longtemps que ne s'y attendait Cassie. Puis elle réapparut, un livre à la main. C'était un journal à couverture de cuir usée, aux pages dorées sur tranche et non ébarbées. Cela ressemblait à une Bible ancienne.

— C'est le Livre des Ombres de ton père, lui annonça sa mère en lui tendant l'ouvrage à deux mains.

Cassie se figea, paralysée, et sentit le sang quitter son visage. Le Livre des Ombres de Black John – la simple idée de son existence la faisait frissonner. La magie noire n'était pas le genre de choses qu'elle comptait explorer.

Sa mère lui tendait toujours le livre.

— Tu ne crains rien, lui dit-elle. Tu peux le toucher.

Cassie s'en empara à contrecœur. Entre ses mains, il lui paraissait cruel et froid, vivant, presque.

— Comment l'as-tu récupéré ?

Sa mère se rassit à côté d'elle.

— C'est une longue histoire. Disons qu'il est caché dans cette maison depuis un certain temps. Il faut que tu comprennes : s'il tombe entre de mauvaises mains, ce livre pourrait être extrêmement dangereux.

Comme les Artéfacts, songea Cassie.

— Et tu veux me le confier ?

Sa mère affichait un visage grave.

— Tu en auras besoin si tu veux avoir une chance de vaincre Scarlett.

Le livre était plus lourd qu'il ne le paraissait, comme si son contenu était plus grand que la somme de ses pages. Il était sûrement impossible de faire l'inventaire des sortilèges et des secrets maléfiques qu'il renfermait. Cassie remarqua que sa couverture de cuir noir n'était pas complètement lisse. Elle était légèrement gaufrée, et ornée d'un symbole visible qui lui rappela les inscriptions sur le bracelet d'argent et le diadème. On sentait également quelques accrocs et autres griffures, comme si des ongles avaient abîmé le cuir. Le coin en haut à droite était quant à lui tellement usé qu'il en était gris, comme un vieux timbre ovale.

L'empreinte de Black John, comprit Cassie.

Elle s'arracha à cette vision avec un haut-le-cœur. Cela l'intriguait et la bouleversait à la fois.

Elle se concentra à nouveau sur le symbole gaufré en essayant de se souvenir où elle l'avait vu. Soudain, cela lui revint : il était identique à l'inscription sur la chevalière en magnétite de Black John, celle qui avait permis de le reconnaître sous l'identité de John Blake, puis plus tard sous celle de John Brunswick.

Avoir ce livre entre ses mains était ce qui s'approchait le plus d'être en présence de Black John. Elle avait la sensation que toute la noirceur du monde allait se déverser de ces pages à tout moment.

Sa mère l'observa manipuler l'ouvrage avec appréhension.

— Je sais que tu as l'impression qu'il est vivant. Mais ce n'est rien d'autre qu'un livre, je te le promets. Et tu es assez forte.

Il y avait dans les yeux de sa mère une franchise que Cassie n'avait jamais vue.

Elle tenta de se calmer ; le livre tremblait entre ses mains. Ce n'était que du papier et des mots, rien d'autre. Et ces mots contenaient certainement la clé qui permettrait de vaincre Scarlett, de sauver le Cercle et de récupérer les Artéfacts. Elle ne pouvait se permettre de faire comme si ce livre n'existait pas, aussi effrayant et maléfique pouvait-il lui sembler. Elle ne pouvait pas le remettre dans sa cachette comme ça. Il en allait de sa responsabilité de le lire, de l'étudier, d'absorber ses secrets jusqu'à ce qu'ils fassent partie intégrante de son être. Alors, seulement, elle serait assez armée pour affronter Scarlett.

Sa mère observa en silence son combat mental, tout en paraissant savoir exactement ce qui se passait dans sa tête.

— Souviens-toi, Cassie. Il y a tellement de bonté en toi. Ton âme est beaucoup plus lumineuse qu'elle n'est sombre. Tu en es consciente ?

— Je crois, fit-elle en opinant.

— Mais il y a des passages, dans ce livre, que tu auras du mal à lire. Tu comprends ce que je veux dire par là ?

— Oui.

— Si tu l'ouvres, tu ne pourras plus revenir en arrière.

Cela sonnait comme un avertissement.

Composition *JOUVE* – 45770 Saran
N° 2025048Z

Impression réalisée par RODESA en Espagne

« Pour l'éditeur, le principe est d'utiliser des papiers composés de fibres naturelles, renouvelables, recyclables et fabriquées à partir de bois issus de forêts qui adoptent un système d'aménagement durable. En outre, l'éditeur attend de ses fournisseurs de papier qu'ils s'inscrivent dans une démarche de certification environnementale reconnue. »

20.20.3112.8/01 – ISBN 978-2-01-203112-8
Dépôt légal 1re publication janvier 2013
Édition 01 – janvier 2013

Loi n° 49-956 du 16 juillet 1949
sur les publications destinées à la jeunesse.